O mistério do biscoito de gengibre

CONTOS E RECEITAS PARA
A MELHOR ÉPOCA DO ANO

TIAGO VALENTE

o mistério do biscoito de gengibre

CONTOS E RECEITAS PARA
A MELHOR ÉPOCA DO ANO

TIAGO VALENTE

Diretor-presidente: Jorge Yunes **Gerente editorial:** Claudio Varela **Assistente editorial:** Fernando Gregório **Suporte editorial:** Nádila Sousa **Gerente de marketing:** Renata Bueno **Analista de marketing:** Daniel Moraes **Direitos autorais:** Leila Andrade **Coordenadora comercial:** Vivian Pessoa **Preparação de texto:** Mareska Cruz **Revisão:** Alanne Maria	O mistério do biscoito de gengibre © 2024, Companhia Editora Nacional © 2024, Tiago Valente Todos os direitos reservados. Nenhuma parte desta obra pode ser reproduzida ou transmitida por qualquer forma ou meio eletrônico, inclusive fotocópia, gravação ou sistema de armazenagem e recuperação de informação sem o prévio e expresso consentimento da editora. 1ª edição — São Paulo **Ilustração de capa:** Luana Gurgel (@lulooca) **Projeto gráfico de capa:** Amanda Tupiná **Ilustração de brinde:** Karina Pamplona (@karipola) **Diagramação:** Amanda Tupiná e Juliana Yoshida

DADOS INTERNACIONAIS DE CATALOGAÇÃO NA PUBLICAÇÃO (CIP) DE ACORDO COM ISBD

V154m Valente, Tiago
        O mistério do biscoito de gengibre: contos e receitas para a melhor época do ano / Tiago Valente. – São Paulo : Editora Nacional, 2024.
        176 p. ; 14cm x 21cm.

        ISBN: 978-65-5881-240-1
        1. Literatura brasileira. 2. Contos. 3. Contos de Natal. I. Título.

2024-3724   CDD 869.8992301
                                                             CDU 821.134.3(81)-34

Elaborado por Vagner Rodolfo da Silva - CRB-8/9410

Índices para catálogo sistemático:
1. Literatura brasileira : Contos 869.8992301
2. Literatura brasileira : Contos 821.134.3(81)-34

Rua Gomes de Carvalho, 1306 - 11º andar - Vila Olímpia
São Paulo - SP - 04547-005 - Brasil - Tel.: (11) 2799-7799
editoranacional.com.br - atendimento@grupoibep.com.br

CARTÃO DE NATAL AOS LEITORES ✳

EU NASCI NO MESMO DIA EM QUE JESUS.

OK, QUASE NO MESMO DIA.

MIL NOVECENTOS E NOVENTA E SETE ANOS E UM DIA NOS SEPARAM, MAS ISSO NÃO ME IMPEDE DE ACHAR A COISA MAIS INCRÍVEL DO MUNDO SABER QUE, NO DIA DO MEU ANIVERSÁRIO, GRANDE PARTE DAS CASAS DO PLANETA ESTÁ EM FESTA.

JÁ PAROU PARA PENSAR QUE NENHUM OUTRO FERIADO CONSEGUE SER TÃO ESPECIAL A PONTO DE NOS CONVENCER A COLOCAR UMA ÁRVORE ARTIFICIAL NA SALA DE CASA, DECORÁ-LA COM LUZES PISCANTES E BOLINHAS VERMELHAS (SEJA LÁ O QUE ISSO REPRESENTA), TUDO AO SOM DE MÚSICAS BREGAS E GRANDES DISCUSSÕES SOBRE UVA-PASSA?

DESDE PEQUENO, CONTO OS DIAS PARA A CHEGADA DO NATAL, ESSA ÉPOCA MÁGICA, QUE PARECE ESPALHAR UMA ATMOSFERA MAIS LEVE E OTIMISTA POR TODO LUGAR. ALÉM DE SER A DESCULPA PERFEITA PARA ASSISTIRMOS A FILMES CLICHÊS QUE NOS FAZEM ACREDITAR EM AMOR À PRIMEIRA VISTA E EM PEDIDOS E SONHOS QUE SE REALIZAM. E, CLARO, AINDA TEMOS OS SUÉTERES DE TRICÔ E AS BEBIDAS QUENTES, QUE PODEM SER SUPERACONCHEGANTES — MESMO EM PLENO VERÃO BRASILEIRO.

FOI EXATAMENTE POR ISSO QUE COMECEI A ESCREVER.

PARA TENTAR TRANSFORMAR O CLIMA NATALINO EM HISTÓRIAS. HÁ QUASE DEZ ANOS, INICIEI MINHA NOVA TRADIÇÃO DE NATAL FAVORITA: ESCREVER CONTOS. EM 2021, TUDO MUDOU.

AOS POUCOS, OS LIVROS PASSARAM A FAZER PARTE DA MINHA VIDA, ATÉ SE TORNAREM BASICAMENTE UMA EXTENSÃO DA MINHA PERSONALIDADE. EXPERIMENTAR GÊNEROS, AUTORES, ESTILOS E TEMÁTICAS FOI O QUE ME FEZ PERCEBER QUAIS SÃO OS TIPOS DE LIVROS QUE MAIS SE PARECEM COMIGO, ATÉ CHEGAR AO MEU GÊNERO LITERÁRIO FAVORITO — O **COZY MYSTERY**.

Sempre fui fã de histórias de mistério. Não aquelas cheias de sangue, violência e cenas nojentas. Os livros que sempre atraíram meu interesse são aqueles que fazem pessoas normais, com vidas normais, se tornarem detetives amadores. Em um mistério tão interessante que é praticamente impossível não virar as páginas na maior velocidade possível. O modo como esse subgênero do suspense conseguiu me cativar mudou tudo. Ali, então percebi que estava na hora de unir todas as minhas paixões.

Assim nasceu O Mistério do Biscoito de Gengibre. Uma antologia de contos para acompanhar a melhor época do ano! Este livro recebe esse título porque ele é homônimo do primeiro conto de mistério natalino que escrevi: a história de um garoto tão apaixonado por histórias de mistério quanto eu, que explora um novo país enquanto persegue pistas para conhecer sua escritora favorita.

Os outros contos exploram assuntos que estiveram na minha cabeça nas noites de natal dos últimos anos — inseguranças, amizades, relacionamentos que começavam, relacionamentos que terminavam, a existência da esperança em momentos difíceis e uma infinidade de outros temas abordados através de personagens e situações completamente fictícias.

A cereja do bolo (ou do panetone) é que decidi aproveitar minha experiência como cozinheiro literário para compartilhar, também, três das minhas receitas natalinas favoritas! Meu tipo favorito de receitas: aquelas que absolutamente todo mundo consegue fazer, além de serem perfeitas para acompanhar qualquer leitura e tornar ainda mais especial a comemoração do meu aniver...

Ops!

Tornar ainda mais especial a sua véspera de natal!

Que esse seja um natal doce, feliz e sem uvas-passas no arroz (eca).

Boa leitura!

Do seu contista natalino,

Tiago Valente

SUMÁRIO

O MISTÉRIO DO BISCOITO DE GENGIBRE	09
TE ENCONTRO NO NATAL	95
NATAL SEM VOCÊ	121
O RESGATE DE NATAL	151

O MISTÉRIO DO BISCOITO DE GENGIBRE

"What if I told you I'm a mastermind?
And now you're mine."

Mastermind – Taylor Swift

Quando tomo coragem para olhar pela janela, meus olhos veem neve pela primeira vez.
    A dança suave dos pequenos pontos brancos que caem do céu se junta à voz de Taylor Swift e à melodia de "Christmas Tree Farm" e produzem um poder hipnótico que faz minha boca se abrir sozinha, e meus olhos se esquecerem de piscar por apenas um instante.
    É tão lindo que, se me contassem que estou em um experimento do tipo *O Show de Truman*, e que a neve é produzida por algumas dezenas de pessoas com sacos gigantes de bolinhas de isopor, eu acreditaria sem hesitar.
    Poderia continuar admirando a paisagem pela janela por horas, mas um solavanco me traz de volta ao chão.
    Literalmente.
    Depois de horas, saber que meus pés pisam novamente em solo firme me faz respirar aliviado desde que entrei no avião.
    Não é apavorante a ideia de que pessoas que você nem conhece são responsáveis por evitar que você despenque de uma altura de alguns milhares de metros? Não é estranho demais pensar que algo tão pesado consegue se sustentar no ar durante horas?

Danem-se todas as aulas de física, e as explicações teóricas do quão improvável é a queda de um avião. Para mim, não ter controle algum sobre a situação é a ideia mais apavorante de todas.

O piloto passa seu último aviso desejando um ótimo Natal a todos. Escuto e agradeço mentalmente pelos comprimidos que tornaram as dez horas de voo minimamente suportáveis, evitando que meu coração saísse pela boca a cada aviso de turbulência.

Enquanto espero pelas pessoas que se espreguiçam, se alongam e se espalham pelo corredor para deixar um dos meios de transporte considerados, acredite se quiser, mais seguros do mundo, abro o bolso menor da minha mochila e encontro o caderno de capa azul. Apesar de já saber de cor o conteúdo de cada uma das páginas, procuro a divisória roxa, e as anotações feitas em laranja no canto inferior esquerdo.

Sigo à risca minhas próprias anotações e todos os comentários adicionais que rabisquei nas margens da folha e, quando me dou conta, estou atravessando os portões de desembarque.

Minhas mãos começam a suar, mas tento manter a calma. Observo o espaço à minha frente. A alguns metros de onde estou, em meio a um grupo disperso de pessoas, é impossível não notar o homem alto, que se destaca por vestir um suéter azul com uma rena de Natal bordada, cuja cor parece combinar perfeitamente com o tom de sua pele negra. As mãos dele seguram uma folha de papel com um pouco de força, o que a deixa levemente amassada e faz com que eu leve algum tempo para entender que é o meu nome escrito ali, em letras maiúsculas.

Conforme me aproximo, ele acena para mim, e seus olhos, já pequenos, quase desaparecem quando sorri.

— Matheus? — Ele pronuncia meu nome sem qualquer marca de sotaque. Eu retribuo o sorriso, então confirmo balançando a cabeça e estendo minha mão para apertar a sua.

— Bem-vindo a Nova York!

***

O motorista dá a partida e imito Oliver, ao meu lado no banco, que aproveita o efeito do aquecedor para tirar as luvas e o suéter, revelando uma camiseta bege sem estampas.

A neve parece ter dado uma trégua, como se me convidasse a ver o cenário branco e cinzento através da janela do carro. As ruas, os prédios e as praças são mais familiares do que uma cidade vista pela primeira vez deveria ser. A sensação de acolhimento é inevitável. Preciso me esforçar para acreditar que essa não é apenas mais uma tarde no meu quarto, encontrando tempo entre um período de estudo e outro para ver as séries e os filmes que se passam na minha cidade dos sonhos. Se eu fosse corajoso (e inconsequente) o suficiente, me jogaria do carro para tocar e sentir com minhas próprias mãos a textura das construções, que reconheço dos quadros pendurados em cima da minha cama.

Eu consegui, estou aqui!

Posso sentir uma lágrima começando a se formar, mas me lembro de que não estou sozinho e respiro fundo porque não quero parecer tão emocionado.

— Está com ele aí? — Oliver mantém o mesmo sorriso desde que nos encontramos. É a primeira coisa que ele diz quando termina de contar como veio do Brasil para os Estados Unidos para trabalhar, e não me canso de agradecer mentalmente por, pelo menos por algum tempo, não ter de fazer malabarismo linguístico com o cérebro para me comunicar em outro idioma pela primeira vez.

Como resposta, abro a mochila e tiro o livro do compartimento maior, tomando cuidado para não soltar o elástico que evita que as páginas soltas caiam.

— É praticamente um documento histórico, agora! — Oliver ri e eu sorrio, sentindo as bochechas ficarem vermelhas. Fico feliz em saber que ele é tão simpático quanto parecia nos e-mails. Sempre achei que assessores de escritoras famosas fossem pessoas carrancudas e fechadas, mas Oliver é o tipo de cara que consegue manter o comprometimento com o trabalho de um jeito leve e agradável. — Posso?

— Claro. — Estendo o livro e ele o toca como se realmente estivesse encostando em algo valioso.

Depois de sentir a textura da capa, ele desliza o elástico com o mesmo cuidado que eu teria.

Não preciso seguir a direção de seu olhar para saber que toda sua atenção vai para as anotações em canetas de diferentes cores feitas nas margens das páginas soltas. Oliver passa o dedo pelos trechos grifados e dá risada quando encontra a anotação: "MEU DEUS EU SOU IMBECIL E NÃO TÔ ENTENDENDO MAIS NADA QUE ÓDIO!!!", que eu silenciosamente desejei que tivesse apagado antes de entregar para ele.

— É um feito e tanto, sabia? — Ele olha em minha direção.

— Os anos lendo Agatha Christie serviram pra alguma coisa — comento, e ele sorri.

— Não pode ser só isso. Existem milhões de fãs de livros de mistério no mundo todo e, mesmo assim, você foi um dos únicos que conseguiu solucionar *A Escápula de Tobias*.

Meio sem jeito, apenas sorrio e abaixo o rosto para conter minha vergonha.

Quando enviei o envelope para a editora com a minha resposta para o livro interativo, sabia que tinha grandes chances da minha resposta estar certa. Os suspeitos, a ordem das páginas, dos acontecimentos, dos crimes e de seus desdobramentos simplesmente faziam sentido.

Apesar de eu ter passado anos tentando negar para mim mesmo, de alguma forma, meu cérebro parece lidar com as informações que recebe de um jeito diferente, o que talvez explique minha tranquilidade incomum em momentos nos quais qualquer um estaria surtando — como quando eu sabia que ganharia o prêmio de melhor aluno do Ensino Médio, quando tinha certeza de que seria aprovado de primeira no vestibular e quando sabia que a vaga de estágio seria minha.

— Sei que você já deve ter respondido isso um milhão de vezes, mas... — Ele hesita por um instante. — Posso perguntar como você fez? Descobrir o processo de investigação dos leitores virou meio que meu passatempo favorito desde que comecei a trabalhar com Mary.

— Estou cursando biblioteconomia, o que deve ajudar um pouco. Organizar informações é basicamente o que eu faço todos os dias no estágio, mas acho que o que me fez solucionar, de verdade, foi minha memória fotográfica — respondo, enfim, e ele faz uma expressão confusa. — Depois que eu descobri que absorvia melhor informações quando tinha alguma referência visual delas, comecei a fazer anotações com cores e esquemas visuais para absolutamente tudo. Estudos, leituras, receitas, compromissos... é como se minha mente tirasse uma foto das folhas de anotação e isso faz com que eu me lembre de cada detalhe escrito ali. *A Escápula de Tobias* é basicamente uma armadilha em forma de texto — repito as exatas palavras que disse na entrevista que dei para o jornal, aquelas que, por conta do nervosismo, fiz questão de escrever e decorar uma por uma. — Cada página tem uma quantidade absurda de informações e você só consegue descobrir quais são as mais relevantes pro mistério se conseguir encontrar as relações entre as partes da história. Então, pra facilitar, memorizei as dez primeiras páginas e fui lendo as outras noventa procurando conexões entre elas e tentando formar a linha temporal. Foi mais ou menos assim.

Recupero o fôlego e abaixo o rosto novamente, com medo de ter falado demais.

— Genial! Espero que aproveite muito o prêmio, você merece.

— Obrigado — digo, depois de cogitar se deveria contar que sonhei em conhecer Nova York minha vida toda, mas desisti por achar, mais uma vez, que eu pareceria emocionado demais.

O prêmio, na verdade, é ter a chance de conhecer Mary Mead — autora do livro e uma das mais famosas da atualidade. O detalhe é que Mary Mead é uma pessoa completamente reclusa e reservada, então sua verdadeira identidade ainda é desconhecida pelo grande público (ou, como agora eu me refiro a eles, meros mortais incapazes de solucionar mistérios com a aptidão de um especialista). Além disso, ela se recusa a sair da cidade onde nasceu por qualquer motivo que seja. Então, uma viagem para Nova York, com tudo pago, se tornou um prêmio adicional para todos aqueles que não moram na terra da Broadway e da Estátua da Liberdade.

— E teve mais alguém?

— Que conseguiu solucionar? — pergunta Oliver. — Só você e uma garota inglesa. Vocês vão se conhecer no jantar. Aliás... — Ele tira o celular do bolso e logo o meu notifica uma nova mensagem. — Te mandei o endereço do restaurante, a reserva é para às oito horas.

Oliver parece esperar um entusiasmo tão grande quanto o seu, mas meu alarme interno (que nunca fica sem bateria, embora eu desejasse profundamente) começa a soar quando olho para a tela do celular.

Ninguém havia me avisado sobre nenhum jantar.

O endereço na mensagem fica na Times Square, lugar que planejei visitar apenas amanhã de manhã, já que é o único horário com poucos turistas e sem tanta aglomeração, considerando os padrões da cidade.

Os planos para o primeiro jantar eram bem diferentes. Uma pizzaria na rua do hotel em que os pedaços de pizza custam um dólar. Além de não levar todo meu dinheiro embora, é cheio o suficiente para eu não me sentir inseguro, mas não lotado a ponto de me deixar agoniado.

— Eles também têm opções vegetarianas e veganas — acrescenta Oliver, provavelmente por conta da minha mudança de expressão nada discreta. — E, claro, tudo por conta de Mary Mead.

Posso jurar ter visto seu olho esquerdo piscar levemente de um jeito extremamente fofo, então me lembro de que mencionei ser vegetariano em alguns dos formulários que preenchi para a viagem. Por isso, me obrigo a dizer algo, enquanto meus pensamentos continuam espernando em minha mente, reclamando do jantar que não estava no meu planejamento.

Fugir da rota que criei pode levar minha ansiedade a níveis extremos, mas, pensando na conversão do dólar para o real, parece um preço justo a se pagar por um jantar de graça.

— Então, você topa?

— Uhum, vai ser ótimo.

Tento imitar seu otimismo e sei que pareço um tanto forçado, mas é o suficiente para ele encerrar o assunto.

***

A recepcionista me deseja boas-vindas com um sorriso muito mais frio que o de Oliver.

Meu caderno azul sobre o balcão me ajuda com as informações de que preciso e cria um contraste interessante com a decoração pálida, bege e marrom do saguão do hotel.

— Infelizmente... — diz ela, enquanto ajeita o próprio coque de cabelo, mas a tentativa de parecer genuinamente chateada com a notícia que está por vir é praticamente inútil. Mesmo assim, continuo prestando atenção ao que ela fala. — Seu quarto ainda não foi liberado. Deve demorar mais vinte minutos. Então você pode aproveitar um drink de boas-vindas no nosso bar! — continua ela, estendendo o cartão que abre a porta do quarto e um *voucher* cor-de-rosa.

Quando arrasto as rodinhas da mala pelo piso que parece ser de mármore, presto atenção ao saguão pela primeira vez, sem toda a preocupação com as informações do *check--in* entulhando minha mente. Respiro fundo e reprimo uma risada, pensando que, provavelmente, essa vai ser a minha única experiência da vida em um hotel assim, tão chique. O salário de um bibliotecário no Brasil não é algo *tão* promissor, então, automaticamente, me sinto o Macaulay Culkin em *Esqueceram de Mim 2*. Mesmo que o hotel seja muito diferente do cenário do filme, torço com todas as minhas forças para que eu não esbarre com Donald Trump em um dos corredores.

Por sorte, não é difícil encontrar o bar. A instalação circular e iluminada, com bancos altos e duas mulheres preparando bebidas atrai algumas dezenas de turistas. As risadas ecoam por todo o espaço e, assim que encontro um lugar vazio, observo o cardápio e entrego meu *voucher*, pedindo o drink de Natal, uma bebida sem álcool com cranberry, framboesa e gengibre. Como sempre, o *feed* interminável do Instagram é meu refúgio favorito para a experiência quase constrangedora de estar sozinho em um lugar como esse, mas isso não me impede de prestar atenção à movimentação ao meu lado.

Um homem veste um gorrinho de Papai Noel e joga a cabeça para trás quando ri, segurando uma taça com um líquido rosa. Ao seu lado, outro homem, que parece ter a mesma idade, veste uma camisa de linho e emenda uma piada na outra, parando apenas para dar pequenos goles no vinho tinto. Não demora muito para que eles estejam se beijando e esfregando indiretamente na minha cara o fato de que a última vez que beijei alguém foi há mais de um ano.

Se eu me esforçar o suficiente, ainda consigo sentir o cheiro do café que preenchia a sala da monitoria da faculdade naquela tarde e o perfume amadeirado do monitor de Catalogação, com quem eu fiz questão de agendar uma aula extra. Eu jurava que ele dava em cima de mim nas mensagens super bem humoradas e cheias de emojis, mas aparentemente eu estava errado. Sinto meu rosto arder toda vez em que lembro da forma gentil com que ele interrompeu o beijo e disse que era comprometido. Foi depois disso que decidi parar de me distrair com as tentativas de arrumar um namorado na faculdade e focar nos estudos. Pelo menos consegui um estágio ótimo, então acho que valeu a pena.

O casal ao meu lado se beija com um pouco mais de afinco, até o momento em que eles deixam suas taças meio cheias apoiadas sobre o balcão e se afastam, na direção dos elevadores.

São poucos os segundos que se passam até que outro homem, um pouco mais velho que os anteriores, ocupe um dos bancos, agora vazio. Ele apoia um tablet no balcão e grita para a bartender, pedindo por um whisky duplo. Continuo com o rosto virado para a tela do celular, mas posso jurar que o homem me observa pelo canto do olho, o que se confirma quando ele dá dois toques em meu ombro.

— Eu conheço você! — Me viro e ele parece estudar meu rosto por um momento. — Você é o garoto brasileiro que solucionou o enigma daquele livro, não é? — Confirmo e seu sorriso amarelo se alarga. — Sabia que te conhecia, estava lendo sobre a autora hoje de manhã.

Continuo tentando sustentar um sorriso agradável, mesmo que eu queira desesperadamente poder voltar para os vídeos de gatinhos e coleções de vinis que são tão curtos que um suspiro é o suficiente para que eu me esqueça de tudo o que acabei de assistir. A bartender de coque e lápis preto nos olhos me estende a taça com a bebida vermelha que pedi. Tanto os meus, quantos os olhos do homem que continua tentando puxar assunto, se concentram por um instante na cereja no centro da taça e nos pedaços de pretzels que, juntos, parecem formar a silhueta de uma cabeça de rena.

— Veio para Nova York por conta do prêmio?

— Uhum — murmuro, ainda engolindo o primeiro gole do drink. — Vim conhecer a autora.

— Cara... — Ele ri, perdido nos próprios pensamentos, e aproxima o copo de whisky da boca. — Acho que você está com sorte, mesmo!

Enquanto ele toma mais um gole da bebida, não consigo evitar notar que o tecido da camisa dele e a forma como ele parece se ajustar perfeitamente ao formato de seu braço e de seu tronco dão um aspecto sofisticado para a roupa que ele veste.

— Quer dar um presente de Natal inesquecível para a sua namorada? — O homem abaixa o tom de voz e preciso me segurar para não rir com a escolha da palavra "namorada". — Nem me apresentei. Sou Sam Sherman, chefe de reportagem da *Spill the Tea*.

Quando aperto sua mão, percebo que seus olhos, um tanto arregalados, esperavam uma reação um pouco mais enérgica do que a expressão de indiferença que eu já tinha mostrado antes.

— É uma das revistas de entretenimento e moda mais importantes do mundo — explica Sam, e concordo, como se soubesse exatamente do que ele está falando. — Acho que podemos ajudar um ao outro, o que acha?

— Como assim? — Me ajeito na cadeira e, pela primeira vez desde o início da conversa, fico de frente para ele.

— Estamos fechando a edição de Janeiro e confesso que está sendo um pouco... — Ele olha para longe, buscando a palavra certa. — Difícil de encontrar uma boa matéria de capa, pra não dizer completamente impossível. Mas, quem sabe, o cara simpático que conheci no bar do hotel possa ser a solução para esse problema.

— Acho que você vai ter que ser um pouco mais específico — afirmo, mesmo que já tenha ligado os pontos.

— O mundo inteiro lê os livros de Mary Mead! Dizem que ela é a autora mais estudada e pesquisada do século e é impressionante o fato de ela ter conseguido construir e manter todo o sucesso por anos, sem precisar revelar sua identidade.

— A velocidade com a qual ele fala e a certeza na escolha de palavras me dá a impressão de que Sam Sherman já fez esse discurso antes. — A repercussão de uma matéria revelando sua identidade seria o suficiente para pagar as contas da revista por anos e, é claro, nossa fonte de um furo como esse ganharia mais dinheiro do que você consegue sequer imaginar.

Ele sorri e finaliza o discurso com mais um gole em seu whisky duplo.

— Eu... — Viro meu rosto para o balcão, numa mistura de surpresa e vergonha inexplicáveis pela proposta, o que faz com que todas as palavras em inglês fujam da minha mente, e eu demore mais do que devia para responder alguma coisa. Meu silêncio dura tempo suficiente para a situação começar a ficar constrangedora.

— Você estaria mudando vidas! A quantidade de pessoas na revista que ganharia um aumento por causa disso, a quantidade de famílias que teria uma vida melhor... — Ele ri, maravilhado com a ideia, mas percebe que não é o suficiente para me convencer. — Relaxa, não precisa responder agora. — Sam coloca o copo no balcão e mexe em seu bolso. — Pode me responder depois que se encontrar com ela, que tal?

Os dedos finos dele seguram um cartão de visitas, mas, em vez de entregá-lo para mim, ele se estica para aproximar o pedaço de papel da tela do meu celular. O dispositivo responde à ação exibindo instantaneamente a tela para criar um novo contato com seu nome, sua foto e o número de seu celular.

— Me ligue quando tiver uma resposta! Sei que alguns milhares de leitores adorariam saber da sua aventura com Mary Mead em Nova York! Garanto que você não vai precisar se preocupar com dinheiro por um bom tempo.

Ainda sorrindo, ele deixa alguns dólares sobre o balcão e se afasta de um jeito tão dramático que chega a ser cômico.

***

Depois de horas admirando a cidade pela janela do meu quarto, que posso jurar ser maior do que minha própria casa, recebo outra mensagem de Oliver, avisando que um carro já está chegando para me buscar.

Uso meu caderno para selecionar uma combinação de roupas que seja boa o suficiente para não fazer feio no meu primeiro jantar aqui, mas que não ofusque aquelas que separei para o encontro com Mary. Escolho a combinação "frio de congelar a ponta do nariz" que decidi criar depois de ver a previsão dos dias em que eu estaria aqui (embora tenha sido um tanto irônico colocar na mala um suéter azul e um casaco bege enquanto fazia um sol de quarenta graus em São Paulo).

O motorista é gentil, mas não tenta puxar muita conversa. Aproveito para filmar a janela do quarto e postar um *story*, coisa que não fiz desde que cheguei e o motivo de algumas centenas de mensagens que fazem meu celular apitar a cada minuto. Depois que a editora divulgou meu nome como o vencedor brasileiro do concurso de *A Escápula de Tobias*, algumas centenas de pessoas começaram a me seguir, mesmo que meu Instagram se resuma a fotos de gatinhos, registros dos livros lidos e tentativas de fotos conceituais de cafés superfaturados. Escolho "Snowman", da Sia, para acompanhar meu vídeo e subo minha primeira postagem na minha Cidade dos sonhos.

Depois de alguns minutos, o Hard Rock Café da Times Square me recebe com pôsteres de shows antigos e clássicos, guitarras autografadas, um figurino do Elvis Presley com uma placa que garante ser original e uma fila de turistas famintos.

Ignore a fila e vá direto ao recepcionista. Sua reserva está no nome de Mary Mead.

Faço o que a mensagem de Oliver diz, enquanto tento apagar todas as expectativas sobre o outro lugar que eu tinha me preparado psicologicamente para visitar nesta noite. Depois de checar meu nome na lista, um homem de paletó me guia pelas fileiras de mesas ao som de "Holly Jolly Christmas".

— Alguém já vai vir atender vocês. — O homem puxa a cadeira para que eu me sente, mas toda a minha atenção está concentrada na garota que ocupa o lugar em frente ao meu.

Sua pele pálida cria um contraste interessante com a cor vívida de seu cabelo ruivo e o conjunto preto que ela veste. É uma camisa com losangos brancos bordados e uma saia com um tecido que não sei o nome, mas acho sua textura interessante. Mesmo não sendo algo espalhafatoso, tenho certeza de que cada item foi escolhido com muito cuidado. Seus olhos ignoram minha chegada, assim como as dezenas de televisões que transmitem videoclipes clássicos em todas as paredes, já que continuam vidrados na tela do *tablet* em suas mãos.

— Oi... Eu... — Ela interrompe minha tentativa de chamar sua atenção levantando o dedo indicador em minha direção como quem pede por um pouco de paciência.

A situação se torna vergonhosa o suficiente para que os amigos reunidos na mesa ao lado comecem a cochichar e apontar para mim, principalmente por conta da expressão constrangida que sei que estou fazendo, então tiro meu casaco e o coloco no encosto da cadeira de madeira, antes de me sentar.

— Você deve ser o Matheus. — Finalmente, ela abaixa a mão, tira o fone de ouvido e olha para mim pela primeira vez. Seu inglês traz o típico sotaque britânico, então agradeço mentalmente por ela separar bem as palavras, o que o torna muito mais fácil de compreender. Considero estender a mão e cumprimentá-la, mas desisto na última hora. — Sarah. Li a matéria que fizeram com você.

— Prazer — respondo e ela volta a ficar em silêncio, sem parecer se incomodar com isso, então, depois de um tempo, acrescento. — Você acha que ela vai aparecer aqui?

— Mary Mead? — Sarah ri, como se eu tivesse dito um absurdo. — Ela não tem nem foto na contracapa do livro, quem dirá aparecer num restaurante famoso com as pessoas que todo mundo sabe que solucionaram o mistério dela. Já procurou o nome dela no Google?

— Já, e não encontrei nada — confesso.

Ela levanta as sobrancelhas, satisfeita.

— Acho que isso responde à sua pergunta. Não a julgo, se eu tivesse todo o dinheiro que ela deve ter ganhado com esses livros, também ia preferir gastar meus milhões sem ninguém enchendo o saco.

— Sei lá, eu penso em publicar um livro, algum dia. Acho que deve ser legal ver pessoas que gostam de você pela sua arte. — Pego o cardápio à minha frente e começo a tentar decifrar a descrição dos pratos. — Eu não ia achar ruim conversar com meus leitores de vez em quando.

— Você diz isso porque nunca viveu na pele. — Ela termina a frase como quem encerra um assunto e também começa a ler o cardápio. — O que você costuma pedir aqui?

— Aqui? Na verdade... — Penso se devo pagar de entendido e escolher qualquer um dos vários pratos listados à minha frente, mas sei que não sustentaria a mentira por muito tempo, e que fico tão nervoso com qualquer mentirinha que começo a tremer de um jeito bem patético, então opto pela sinceridade. — É a minha primeira vez.

— Você nunca veio ao Hard Rock?

— Eu nunca vim pra Nova York. É minha primeira vez fora do Brasil.

Sarah deixa alguns segundos de silêncio se estenderem, como se a informação fosse chocante demais.

— Que esquisito, por que você nunca quis conhecer outro país?

— Querer eu sempre quis, mas não é tão simples quanto deve ser na Europa. O Brasil é do tamanho de um continente — explico. — Não é como se passagens aéreas fossem superacessíveis, e a conversão para o dólar é praticamente de um para cinco, então...

— É, nada a ver com a Europa mesmo. Vou querer o hambúrguer. — Ela fecha o cardápio com força e me encara, me pressionando silenciosamente para que eu escolha meu prato também.

Quando a garçonete se aproxima, acabo pedindo o mesmo que Sarah e, assim que o silêncio volta a se tornar constrangedor, algo chama minha atenção. Para além dos ombros da garota à minha frente, consigo ver uma figura familiar.

— Cabe mais um no jantar dos campeões? — Oliver nos cumprimenta com seu sorriso já familiar e ocupa um dos lugares vagos na mesa. Percebo como sua voz se torna muito mais grave quando ele fala inglês e não consigo deixar de me sentir completamente aliviado por não estar mais sozinho com Sarah. — Espero não estar atrapalhando, mas não quis deixar vocês sozinhos na primeira noite aqui.

— Acredita que o Matheus nunca saiu do Brasil? — Sarah não faz questão de cumprimentá-lo de volta e me seguro para não revirar os olhos.

— Acredito, eu também sou brasileiro e sei que Brasil não é Europa, não! Sabe quanto a gente paga no dólar e no euro? — responde ele gentilmente, e quase consigo ver a mente de Sarah processando o fato dele ser brasileiro. Então Oliver se vira para mim. — E aí, a cidade é tão incrível quanto você imaginava?

— Melhor — confesso, e ele sorri, satisfeito, como se já esperasse por essa resposta. — Eu estava pronto para me decepcionar, mas, pelo que vi até agora, é igualzinho aos filmes!

— Foi a mesma coisa que eu pensei quando vim pela primeira vez.

Assim que Oliver chama a garçonete e pede por um prato de salada, "Rudolph the Red-Nosed Reindeer" preenche o espaço.

— Ok, eu já sei que o Matheus teve todo um lance de memória fotográfica e sei lá o que, mas e você? — Ele olha diretamente nos olhos de Sarah. — Qual foi a estratégia?

— Você jamais entenderia — responde ela, sem hesitar ou alterar sua expressão facial.

— Será? — emenda ele.

— Você é só o assessor dela.

— Mas ainda sou um ser humano com curiosidade suficiente para querer saber do seu processo. — Oliver continua sorrindo, sem parecer minimamente abalado pelo tom passivo-agressivo da garota. — Na verdade, confesso que perguntei porque acho que pode dar um bom assunto para o encontro de vocês com Mary. A gente nunca fez nada desse tipo, então pensei em deixar ela o mais preparada possível para conversar com vocês. Dar algumas informações prévias, sabe?

Ela resmunga e se ajeita na cadeira, como se estivesse se preparando para apresentar um seminário.

— Primeiro, reescrevi o livro todo no bloco de notas do meu computador. Depois, usei um software que gera dados estatísticos sobre as palavras de um texto e descobri quais eram os termos mais importantes. — Sarah é interrompida pela garçonete que traz nossas bebidas e, quando dá de cara com minhas sobrancelhas contraídas e minha boca semiaberta, respira fundo e explica. — Ele basicamente compara a frequência de cada palavra no texto com a frequência dessas mesmas palavras naquele idioma no geral e aponta quais são as palavras-chave. As primeiras que ele reconheceu foram as armas dos crimes: pudim envenenado, coleira de cachorro e tecla desencaixada de uma máquina de escrever, além de uma lista com outras cinquenta palavras. Foi só ler o livro prestando atenção nisso e qualquer idiota conseguiria colocar as páginas em ordem e encontrar os culpados.

Ela termina de falar e toma um gole do refrigerante à sua frente.

Oliver e eu permanecemos em silêncio por algum tempo até ele soltar:

— Arrasou.

O hambúrguer estava tão gostoso quanto a culinária gordurosa e cheia de sódio que a cidade sempre prometeu que seria.

Sarah parece ter devorado o seu com duas ou três mordidas. Oliver é o último a terminar seu prato, já que passou a maior parte do tempo contando sobre sua vida na cidade.

— Então, você foi de aspirante a ator de musicais a secretário de uma editora e, agora, assessor de Mary? — pergunto. — Uau!

— Isso porque pulei a parte em que fui assistente de mágico.

— Tipo, num espetáculo? — Dessa vez, é Sarah quem pergunta.

— Antes fosse! — Ele ri e toma um gole do suco de laranja. — A gente fazia shows na Times Square. Ele tinha uma caixa de som, uma cartola, um coelho de pelúcia e um sonho. Eu tava tão desesperado por dinheiro que, quando ele me convidou, aceitei na hora. Não era um musical da Broadway, mas, pelo menos, eu estava fazendo arte, de alguma forma.

Ele dá a última mordida em uma folha de alface, antes de voltar a falar.

— Inclusive, já sabem o que vocês vão assistir?

— Assistir?

— É praticamente crime vir pra Nova York e não assistir a nenhum musical! — responde ele, gesticulando com o garfo ainda na mão.

— Eu quero assistir a *Wicked,* vi em Londres e os figurinos são maravilhosos — responde Sarah, sem precisar pensar.

— E o senhor? — Oliver se vira para mim e eu olho para baixo.

— Eu...

— Ah, não! — Ele apoia o garfo na mesa. — Por favor, não diz que você...

— Eu odeio musicais — confesso, fechando os olhos.

Quando os abro novamente no instante seguinte, a expressão de Oliver é uma mistura de incredulidade com decepção.

— Inaceitável! — Ele levanta a voz, mas mantém o tom de brincadeira. — Eu não trabalhei por semanas na logística para te trazer até aqui para você dizer um absurdo desses.

— Foi mal, só é muito esquisito todo mundo decidir resolver os problemas cantando e dançando do nada! — Não consigo evitar uma risada, e Oliver finge estar superofendido.

— Ah, você usou o argumento mais baixo, senso comum, sem fundamento nenhum! A música traz emoções que um texto falado jamais trará.

— Se você diz... — Dou de ombros, ainda brincando.

— Isso não vai ficar assim, você acaba de se tornar meu novo projeto! — Ele respira para dizer mais alguma coisa, mas o relógio dele apita. Com alguns toques na tela, ele interrompe o aviso sonoro. — Mas isso vai ter que ficar para depois. São sete horas, acho que já posso contar a verdade para vocês.

Oliver limpa o canto da boca com o guardanapo e junta as duas mãos. Seu tom de voz é mais baixo e quase não consigo ouvi-lo por cima da voz de Nat King Cole que agora sai das caixas de som do restaurante. Ele puxa a parte esquerda de seu blazer e, com a outra mão, tira um envelope amarelo de dentro de um bolso interno.

— Mesmo tendo adorado jantar com vocês, na verdade, vim numa missão. — Ele coloca o envelope no exato centro da mesa. — Boa sorte, vocês vão precisar.

Oliver admira nossa expressão de espanto por alguns segundos, e então se levanta, deixando alguns dólares em cima da mesa e colocando cadeira de volta ao lugar.

— Vocês têm vinte e quatro horas — sussurra ele, e se afasta.

Por um instante, todo o ruído das outras conversas pelo restaurante parece ter sido anulado pelos meus ouvidos e percebo que, contrariando toda a postura indiferente até então, Sarah também mantém os olhos arregalados na direção do papel amarelo.

— Vamos acabar logo com isso. — Ela estica o braço, rasga o envelope com certa agressividade e desdobra o papel guardado ali dentro, cuja textura me lembra a de uma página de livro arrancada.

Apesar de Sarah ler em voz alta as palavras escritas à mão, faço questão de esticar o pescoço para ler com meus próprios olhos.

Caros solucionadores de mistérios literários,

Se estão lendo esta carta é porque o cérebro de vocês é capaz de lidar com uma quantidade de informação maior do que a média dos leitores no mundo todo, e isso, sem dúvidas, é digno de congratulações.

Ainda assim, sinto dizer que *A Escápula de Tobias* foi só o início de uma jornada.

Como se não bastasse criar o maior enigma literário de todos os tempos, como vocês devem saber, desde que publiquei meu primeiro livro, decidi que faria da minha identidade o meu maior mistério, podendo aproveitar as vantagens do sucesso e a quietude da vida mundana ao mesmo tempo.

Por isso, se realmente desejam me conhecer e descobrir quem sou, terão que provar seu valor explorando minha própria história, em uma experiência pela minha cidade favorita que prometo que será única.

Se aceitarem este desafio, devem começar desembaraçando os fios de cabelo do ladrão do fogo moderno.

Boa sorte,
Mary Mead

P.S.: espero que Oliver já tenha dito a vocês, mas, caso não, vocês têm vinte e quatro horas para me encontrar (se ele não tiver dito, já podem considerá-lo demitido <3).

— Ah não, cara — resmunga Sarah, e joga a carta na mesa.
— Como se solucionar *A Escápula* tivesse sido fácil!
— Acho que vai ser divertido, ela fez isso porque sabe que a gente curte esse tipo de desafio.
— O que eu curto é ganhar dinheiro fácil.
Por sorte, estou olhando diretamente para seu rosto enquanto ela fala. Apenas por conta disso, consigo perceber o

momento exato em que Sarah hesita e parece ter se arrependido do que disse, mesmo que ela tente esconder por baixo de uma expressão enfezada.

— Ele falou com você também?

— Quem? — Ela foge do meu olhar e finge estar lendo a carta mais uma vez.

— Sam Sherman. Ele conversou comigo e acho que recebemos a mesma proposta. — Assim que digo em voz alta, me dou conta de que, talvez, nosso encontro no bar do hotel não tenha sido tão espontâneo assim, o que me faz confiar um pouco menos nele.

— É burrice recusar tanto dinheiro assim.

— Ele chegou a te dizer quanto? — pergunto e ela balança a cabeça para os lados.

— É uma matéria de capa para a *Spill the Tea*, isso com certeza vale mais do que qualquer emprego vai me pagar quando eu terminar a faculdade de moda. Mary Mead já ganhou dinheiro o suficiente para se aposentar, não vai fazer diferença nenhuma pra ela e, pelo menos pra mim, vai fazer uma diferença enorme.

— A gente assinou um contrato de sigilo — acrescento.

— Mas ninguém vai saber que foi a gente. — Pela primeira vez, vejo Sarah sorrindo. É um sorriso que expressa mais o próprio orgulho por sua esperteza do que alegria de fato.

— A gente só precisa desvendar isso antes.

Respiro fundo e concordo em deixar aquele assunto de lado, pelo menos por enquanto, já que temos um novo mistério para resolver. Olho para a carta novamente, prestando mais atenção em cada uma das palavras de cada uma das linhas e destacando aquelas que chamam mais a minha atenção.

— A carta parece normal até demais, acho que a única coisa estranha é quando ela diz que temos que começar desembaraçando os fios de cabelo do ladrão do fogo moderno — digo em voz alta, enquanto Sarah pega seu tablet de volta na mochila. — Como um fogo pode ser moderno? E como alguém rouba um fogo moderno?

— Fogo moderno no Google Imagens só mostra um monte daquelas lareiras hipsters com fogo falso. — Ela desliza o dedo pela tela, passando tão rápido pelas imagens que não consigo distinguir nenhuma delas, até jogar o dispositivo na mesa. — E se o ladrão for moderno e não o fogo?

Concordo com a cabeça, frustrado por estar tão perdido no enigma, enquanto ela digita "ladrão do fogo" no Google.

— *The Fire Thief* é um livro de Terry Deary. — Sarah lê o primeiro resultado. — Nunca ouvi falar.

— Nem eu.

— Ela não espera que a gente leia o livro inteiro, né?

— Dá uma olhada nos outros resultados. — Utilizo meu próprio dedo para deslizar pela tela do tablet, até encontrarmos algumas respostas para perguntas frequentes, aquelas em que, por conta do número de acessos, o Google já deixa em destaque para facilitar a busca. — "Quem é o ladrão do fogo?" — Aponto e Sarah toca na tela, o que nos mostra uma resposta da Wikipedia.

— "Prometeu é mais conhecido por desafiar os deuses do Olimpo, roubando o fogo deles e entregando à humanidade em forma de tecnologia, conhecimento e civilização."

— Tinham referências à mitologia grega em *A Escápula*, lembra? É mais provável que ela esteja se referindo a Prometeu, então! — Não consigo conter um sorriso pela empolgação, então pego de volta a carta sobre a mesa. — Ladrão de fogo moderno...

— O Prometeu moderno! — Dessa vez, é Sarah quem se empolga, arruma a postura e digita rapidamente no tablet, num gesto claro de euforia. — É um título alternativo para *Frankenstein*.

Ela vira a tela para mim e vejo a capa de uma edição antiga do livro, na qual "Prometeu moderno" aparece como subtítulo.

— Desembaraçar o cabelo de Frankenstein... O que isso quer dizer?

— Na carta, ela fala sobre ser uma experiência pela cidade. Deve ter alguma estátua do Frankenstein aqui. — Enquanto fala, ela digita "Frankenstein em Nova York" no campo de busca, então faço o mesmo em meu celular. — Droga, não tem nada disso! — Sarah parece pronta para jogar o aparelho na mesa novamente, mas, dessa vez, se controla.

Os resultados na tela falam sobre brinquedos inspirados na história ou de artigos que analisam suas adaptações e o livro clássico de Mary Shelley.

— Alguma exposição, algum musical, algum salão de beleza que faz um corte inspirado em Frankenstein? — sugiro.

— Argh! Pode ser qualquer coisa, que saco!

Ficamos em silêncio por alguns segundos, até Sarah esticar o pescoço para espiar a tela de seu relógio e levar um susto com o que vê.

— Meu Deus, não me toquei que já era tão tarde! A gente vai ter que terminar isso amanhã!

— Mas a gente ainda não...

— Amanhã a gente continua, temos tempo de sobra! Eu combinei de encontrar uma amiga que só conheço pela internet. A gente vai ver um jogo de basquete juntas na Madison Square, mas me avise se descobrir alguma coisa!

Ela arruma suas coisas com uma velocidade impressionante e chego até a pensar que ela vai me convidar para ir junto, mas, quando me dou conta, Sarah se despede com um resmungo. Logo, estou mais uma vez sozinho na mesa do restaurante.

Penso em correr atrás dela e avisar que ela não me passou nenhum contato para que a atualize sobre a investigação, mas acho que ela se lembraria disso se estivesse realmente interessada na minha opinião.

Termino minha bebida e depois que a garçonete avisa que a conta já foi paga por Mary Mead, guardo a tal carta misteriosa no bolso, tentando esconder a vergonha inexplicável de sair do restaurante sozinho.

Me distraio por algum tempo na loja de *souvenirs* do restaurante, acompanhando a multidão que passa pelas portas de vidro e preenche o que deve ser uma das avenidas mais movimentadas e conhecidas do mundo. Enquanto decido entre pegar o metrô ou gastar mais dinheiro do que deveria com um Uber, me viro na direção do caixa da loja. Ao lado do funcionário alto, de boné roxo e barba rala, vejo Oliver dando uma risada tão empolgada que consigo ouvir mesmo a metros de distância.

Eles conversam, os dois bastante animados, até uma cliente desviar a atenção do funcionário, o que faz com que o olhar de Oliver vague pelo ambiente, até encontrar os meus. Primeiro, ele se espanta, depois, acena para mim, me chamando para mais perto.

— O mistério da carta foi fácil demais pra vocês? — Ele parece genuinamente empolgado com a ideia.

— Na verdade, não. Parece que a Sarah foi ver um jogo de basquete, então fiquei sozinho.

— Basquete? — Depois que termina de receber o pagamento da cliente que leva uma mochila grande e um chinelo pequeno, o atendente do Hard Rock Café se vira para mim.

— Esse é o Erick, estudamos teatro juntos — explica Oliver. — Esse é um dos vencedores daquele concurso da Mary que te contei!

— Muito prazer! — Ele se estica para me cumprimentar com um beijo na bochecha. — Qual jogo sua amiga vai assistir?

— Erick é completamente obcecado por basquete — comenta Oliver.

— Sei lá, um na Madison Square Garden — respondo e consigo perceber Oliver e Erick se encarando rapidamente.

— E ela te deixou sozinho na sua primeira noite aqui? Poxa! — Ele deixa o rosto pender para um lado, fazendo uma cara triste meio caricata, mas bem fofa.

— Tá tudo bem, eu não me importo em ficar sozinho. Já estava voltando para o hotel mesmo.

— Na verdade, acho que eu tenho uma ideia. — Oliver abre um sorriso e Erick concorda com a cabeça. — Eu vim chamar o Erick pra ver um musical comigo, tenho um ingresso sobrando.

— É, mas eu vou trabalhar a noite toda... — Erick levanta as sobrancelhas e demoro um pouco mais do que gostaria para ligar os pontos.

— É bom que você saiba correr porque temos só dez minutos! — Oliver agarra minha mão, sem esperar minha resposta.

***

— Tenho um amigo que ajudou a criar os figurinos, então não foi difícil conseguir ingressos! — Ainda carregando a sacola de papel com o programa do musical (aquele com *Playbill* escrito na capa que eu sempre quis ter) e um boné igual ao que o protagonista usa, comprado na lojinha do saguão do teatro, Oliver joga seu copo de refrigerante vazio em uma lixeira e aponta para a direção que devemos seguir.

— Foi a primeira vez que você assistiu?
— Primeira? — Ele ri. — Essa deve ter sido a décima!
— Uau, você gostou *mesmo*!
— E você? Qual a opinião do *hater* oficial de musicais?
— Tinha músicas demais...
— O que é de se esperar num *musical*! — Ele estica as mãos, levanta as sobrancelhas e eu rio.
— Ok, mas tenho que confessar que...
— Que...?
— Eu gostei! — confesso e Oliver levanta os dois braços para o alto.
— Mais um convertido! Minha missão na Terra foi cumprida!
— Não é para tanto, às vezes foi sorte de principiante e é covardia quando é um enredo adaptado de um filme.
— Quem liga para o enredo quando tem um ator gatíssimo como aquele fazendo o Marty McFly?

Dessa vez, nós dois rimos.

— Disso não vou discordar, mas o carro voando no final foi surreal!
— Não foi? Já assisti mil vezes e até agora não sei como eles fazem isso.
— E por que você desistiu?
— Do que? — pergunta ele, confuso.
— De ser ator.
— Ah... — Oliver coça a nuca e fico com receio de ter tocado em um assunto delicado. — Ser turista nos Estados Unidos é bem legal, mas imigrantes não são recebidos da

mesma forma. Ainda mais se você estiver tentando entrar em um mercado do qual eles se orgulham muito. Era difícil fazer os testes para peças e filmes, saber que atuava melhor do que muitos ali, mas ainda perder a oportunidade por não ter o "perfil" que eles queriam. — Ele faz as aspas com as mãos e revira os olhos. — Cansei de perder bons papéis para pessoas nitidamente menos talentosas que eu, só porque elas eram norte-americanas ou brancas. Isso sem contar que a competitividade aqui é absurda! Quem não quer ser um ator em Nova York? Tem gente do mundo todo e a galera consegue ser bem... — Oliver olha para o céu da noite por um instante e só volta a falar quando encontra a palavra certa. — Determinada, para dizer o mínimo. Chegou uma hora em que apenas cansei e decidi buscar um outro caminho. Acabou dando tudo certo, porque o mercado editorial me recebeu super bem.

— Eu queria muito fazer uma pergunta — confesso. — Mas não sei se devo.

— Me diz qual é a pergunta e eu te digo se deve! — Ele ri e eu respiro fundo.

— Como é trabalhar com Mary? Eu sei que é tudo muito sigiloso, mas você parece bem feliz no seu trabalho — digo na maior velocidade que consigo, com medo de perder a coragem no meio da frase.

— Ok, estava esperando por algo bem mais pessoal e íntimo. — Oliver suspira, exageradamente, como se estivesse muito aliviado. — Sim, você pode e deve me perguntar isso, e, sim, eu realmente amo meu trabalho atual. Mary não é a pessoa mais fácil de se lidar no mundo, mas acho que é o que acontece com pessoas muito criativas. Depois que você pega o jeito, se torna realmente divertido! São muitas ideias que sempre parecem loucas demais num primeiro momento, mas ver tudo isso chegar aos leitores faz tudo valer a pena.

Eu agradeço pela resposta com um sorriso e sinto meu coração mais aquecido por descobrir algum detalhe, mesmo que pequeno, sobre a autora que eu admiro tanto. Saber que ela é uma pessoa legal para se trabalhar já significa muito.

— Espero poder continuar trabalhando com ela por um bom tempo, mas eu juro que, se um dia eu ficar muito rico, vou largar tudo e produzir e atuar nas minhas próprias peças! E você? — Ele se vira para mim e eu o encaro, sem entender.

— O que você quer pro seu futuro como bibliotecário?

— Eu quero continuar na carreira acadêmica, fazendo pesquisas, escrevendo artigos e dando aulas em universidades, mas...

— Mas...? Eu já me expus muito, agora é a sua vez! — Oliver aponta para mim e nós rimos.

— Mas eu tenho o sonho secreto de, um dia, quem sabe, publicar um livro.

— E a novidade, vem quando? — pergunta Oliver e eu o encaro, confuso. — Tô brincando, mas, desde que a gente começou a trocar e-mails, achei que você tivesse interesse pela escrita. Seu cuidado com as palavras, a forma como você constrói as frases, coisas assim.

— Significa muito, vindo de alguém que trabalha com isso — respondo, um pouco sem saber como reagir ao elogio.

— Até parece! Mas você gosta de escrever o quê?

— O que você acha?

— Acho que você é aquele tipo de garoto que é todo quietinho em público, mas chega em casa e se tranca no quarto pra escrever um romance picante sobre um CEO que se apaixona por um lenhador!

Quase engasgo com minha própria saliva quando ele termina de falar.

— Essa é a imagem que eu passo?

— Com certeza! — diz ele, sério, então perde a pose e se junta a mim na risada. — Tá, acho que eu não preciso ser um gênio pra saber que você escreve histórias de mistério.

— Ufa, dessa vez acertou!

— Então Mary Mead tem um concorrente?

— Quem me dera, o máximo que eu consegui escrever até hoje foi um conto sobre um homem que é encontrado morto em um parque vestindo uma fantasia de gato.

— Ok, isso foi específico demais e pavoroso demais ao mesmo tempo. Quero na minha mesa amanhã! — Ele faz uma expressão séria e eu rio novamente. — Estou falando sério, se quiser me enviar, eu vou adorar ler.

— É só um sonho, mesmo. É besteira — garanto e abaixo a cabeça. — Já tenho tudo planejado pra minha carreira e eu realmente não pretendo fugir do meu plano.

— Por que não? Aposto que vir pra cá não estava nos seus planos pra esse ano e, mesmo assim, aconteceu. Acho que a emoção da vida vem das surpresas, não? Tanto pro bem quanto pro mal. — Ele pensa por um segundo. — Eu *realmente* vou adorar ler seu conto e realmente acho que você devia me enviar. Mas, ó! — Oliver levanta o dedo indicador. — Vou dar minha opinião sincera, hein? Se for uma porcaria eu vou falar, mesmo!

— Tudo bem — digo e emendo em uma risada. — Vou pensar no seu caso!

Quando deixamos o teatro onde a adaptação musical de *De Volta Para o Futuro* está sendo encenada, Oliver me guia pelo meu maior pesadelo — as calçadas completamente abarrotadas da Times Square. Dividimos o espaço com turistas eufóricos, *tiktokers* gravando vídeos e nova-iorquinos vestidos com fantasias um tanto sujas depois de alguns dias tentando ganhar algum dinheiro vendendo fotos.

Mesmo com tudo isso, diferente das outras vezes em que enfrentei multidões como essa, não me importo nem um pouco com a aglomeração, nem com a quantidade de pessoas nas quais nos esbarramos. Toda minha atenção está concentrada em outra imagem muito familiar para mim — os letreiros, anúncios e placas que enchem a avenida de tanta luz que fica difícil até distinguir o dia da noite.

— É incrível, né? — pergunta Oliver quando percebe minha expressão idiota, de deslumbramento. Ele interrompe nossa caminhada e se coloca ao meu lado. — Eu não costumo passar por aqui no dia a dia, mas toda vez que vejo a *Times* à noite me lembro do quanto sonhei em ver isso com meus próprios olhos.

É difícil responder, então apenas concordo com a cabeça.

— Que maluquice, eu sonhei com esse momento a minha vida inteira — digo, sentindo a lágrima que guardei desde que cheguei deslizando pela minha bochecha.

Enquanto "Empire State of Mind" começa a sair de alguma caixa de som, transformando o momento em algo completamente cinematográfico e clichê até demais, sinto o toque da luva de Oliver na manga esquerda da minha camiseta, já que ele estica o braço para fazer um carinho leve em meu ombro. A sensação dura apenas alguns segundos, até uma mulher vestida como Lady Gaga natalina procurar pelo ângulo perfeito para sua selfie e esbarrar em nós dois, derrubando um pouco do sorvete de pistache, que ela segurava com a outra mão, na calça de Oliver.

Lady Gaga pede desculpas conforme se afasta e, passado o choque, nós compartilhamos uma risada. Quando recupero o fôlego, não me preocupo mais em observar os letreiros. Meus olhos estão focados no formato que as bochechas de Oliver assumem enquanto ele ri e tenta limpar a calça com um folheto de propaganda. Analiso a forma como suas sobrancelhas se contraem e se aproximam de seus olhos e sua pele, que cintila com toda a iluminação artificial da avenida que sempre sonhei em conhecer.

Ele ainda leva um tempo até conseguir parar de rir e, assim que consegue, nos encaramos por algum tempo. Tempo suficiente para eu cogitar deixar de lado toda a prudência e desfazer a distância entre nós dois, jogando meus braços ao redor de sua nuca e colando meus lábios aos dele.

Apesar da minha imaginação fértil, tudo o que eu faço é ficar envergonhado demais por apenas pensar nisso, então encerro a conexão de nossos olhares abaixando a cabeça. Por sorte, uma notificação faz com que Oliver precise prestar atenção na tela de seu celular, enquanto a movimentação da rua ajuda a deixar a situação menos constrangedora.

— Matheus — diz ele, antes de respirar fundo. — Olha, eu não devia te falar nada, mas acho que tem uma coisa que você precisa saber.

— O quê? — Posso sentir minha mão tremer pela simples ideia de Oliver ter lido meus pensamentos de segundos atrás e sentir a necessidade de contar que é comprometido, o que me levaria a um nível de vergonha que poderia fazer minha cabeça explodir.

— O Erick...

O namorado dele é o Erick! Droga, eu devia ter percebido!

— Tá tudo bem! — Me adianto, antes que ele consiga

continuar, mas recebo apenas uma expressão confusa como resposta.

— Tudo bem? Com ele? Eu espero que sim... — diz Oliver, lentamente, como se ainda estivesse processando o sentido da minha frase. — Na verdade, ele acabou de mandar uma mensagem e achei que você merecia saber. — Confirmo com a cabeça e ele se aproxima. — Ele checou e, como a gente suspeitava, não tem nenhum jogo de basquete na Madison Square acontecendo hoje.

Dessa vez, sou eu que contraio as sobrancelhas.

— O que quer dizer que a Sarah mentiu pra mim e...

— E provavelmente decidiu solucionar o enigma da carta sozinha — completa ele.

Sem ninguém para impedi-la de contar tudo para Spill the Tea *assim que puder,* acrescento mentalmente.

— Acho que preciso voltar rápido para o hotel, então — afirmo e Oliver concorda com a cabeça. — Tenho algumas ideias pra colocar em ordem e uma peruca de Frankenstein para encontrar.

Solto a informação na esperança de receber alguma pista de Oliver, pelo menos para saber se estou no caminho certo ou não, mas ele mantém sua expressão neutra.

— Obrigado pela companhia, por ter topado o convite e... — Ele coloca a mão nos bolsos e hesita antes de continuar. — Posso te pedir uma coisa?

O que você quiser!

— Pode. — Me limito a dizer.

— Se puder não contar nada disso pra Mary, ela não ia ficar nada feliz em saber que eu interferi na investigação de vocês desse jeito.

— Tudo bem, fica tranquilo — garanto, fechando o zíper

imaginário em minha boca e Oliver volta a sorrir.

— Ah, isso é pra você! — Ele me estende a sacola do musical que segurava até então. Eu até tento recusar, mas seu sorriso faz com que eu não tenha escolha, senão aceitar.

***

Mesmo nas noites em que solucionar *A Escápula de Tobias* parecia impossível, não me sentia tão perdido quanto estou agora. Minha mente está rodando em círculos, repetindo as mesmas informações de novo, de novo e de novo. Por mais que eu tente negar para mim mesmo, não deixo de me sentir um pouco decepcionado com Mary Mead. O concurso garantia que iríamos conhecê-la se conseguíssemos solucionar o mistério do livro, essa era a promessa, e promessas quebradas têm o poder de me deixar furioso.

Pelo menos, dessa vez, tenho a noite de Nova York como cenário na janela à minha frente e não a parede branca e sem graça do meu quarto. A escrivaninha do quarto do hotel tem uma luminária verde meio vintage e espaço o suficiente para eu colocar meu notebook, meu caderno e as canetas coloridas que me ajudam a organizar minhas anotações.

Estar completamente estagnado no mesmo ponto em que Sarah e eu paramos já é ruim o suficiente, mas a sensação de estar em desvantagem em uma competição consegue ser pior. Todas as vezes em que lembro de Sarah mentindo para mim para, provavelmente, investigar o enigma de Mary por conta própria, tenho vontade de jogar meu computador pela janela e nunca mais ver as trinta e sete guias do Google abertas com variações das palavras "cabelo" e "Frankenstein".

Os resultados mostram imagens nada satisfatórias de possibilidades para fantasias de Frankenstein e, principalmente, noiva de Frankenstein, o que não parece ajudar em nada na investigação.

Enquanto isso, repasso os acontecimentos no restaurante em minha mente. Em algum momento, Sarah deve ter encontrado uma informação tão útil que percebeu que não precisava mais da minha ajuda.

Só preciso refazer as buscas feitas por ela para descobrir que informação foi essa.

Continuo preenchendo a página em branco do caderno azul com algumas anotações variadas, mas olhar para suas divisórias me lembra de todo o planejamento que havia feito para essa viagem. Como sempre, a ideia de ter a situação fora do meu controle se une ao medo de falhar completamente, em uma mistura de sentimentos que parece me consumir. Minha garganta começa a secar e entendo isso como meu corpo dando um sinal para que eu faça uma pausa.

Aproveito o filme genérico de Natal na televisão e começo a organizar minhas roupas no armário. A sacola de papel que Oliver me deu continua sobre a cama, e confesso que evitei olhar para ela desde que cheguei, com medo de que os mesmos pensamentos que quase fizeram com que eu me atirasse nele levassem a qualquer outra decisão emocionada e ruim. Então, respiro fundo, tiro o boné da sacola e, quando pego o programa do musical na mão, percebo que há outro livreto grudado nele.

É um guia de Nova York para turistas com umas cinquenta páginas e um arranha-céu na capa, que logo reconheço como o Empire State Building. Decorados com fotos impactantes, os artigos falam sobre os pontos mais turísticos da cidade, sobre os quais já li centenas de vezes, então acho que não vai ser uma leitura tão valiosa, apesar das letras garrafais na capa parecerem berrar o contrário: NÃO VISITE NOVA YORK ANTES DE VER ESSAS CINCO DICAS.

Coloco o guia de volta à sacola e decido que minhas coisas já estão arrumadas o suficiente.

O tempo de procrastinar acabou.

Entretanto, quando volto para a escrivaninha, o guia para turistas faz com que eu me lembre de uma das últimas frases que Sarah me disse antes de sair correndo. Um trecho da carta de Mary que dizia que aquela seria uma aventura pela cidade favorita dela.

A última coisa que Sarah me disse ter pesquisado foi "Frankenstein em Nova York" e o resultado foi desastroso, mas e se ela estiver mentido sobre isso também?

Num sobressalto, volto para o teclado do computador e passeio por cada uma das abas que abri, acrescentando Nova York a todas as buscas.

Como já esperava, as primeiras tentativas também foram frustradas, mas, quando aperto no ícone de lupa para pesquisar "cabelo frankenstein nova york" no Google, encontro algo diferente.

Em vez das imagens góticas e sombrias das variações de Frankenstein, a primeira imagem da página é uma mecha longa de cabelo castanho, amarrada e enrolada algumas vezes para caber em uma foto pequena de fundo claro.

Clico na imagem e a legenda informa que essa é uma mecha de cabelo de Mary Shelley, a autora de Frankenstein.

Meu coração começa a acelerar com a possibilidade de, finalmente, ter encontrado algo relevante, então clico novamente para ser guiado ao site onde a imagem está hospedada.

A página clara é um acervo digital que exibe algumas dezenas de outras imagens. Fotografias de páginas antigas, joias nitidamente valiosas, objetos e a já familiar imagem da mecha de cabelo castanho. Leio a descrição no topo do site e descubro que os fios de cabelo são parte de uma exposição disponível na New York Public Library.

Encontrei!
A adrenalina percorre meu corpo como se eu tivesse engolido um litro de café de uma única vez. Meu primeiro impulso é sair correndo, já que sei que a biblioteca fica a apenas algumas quadras do meu hotel. Ainda assim, em um átimo de juízo, procuro o nome da biblioteca no Google e descubro que ela só abrirá amanhã de manhã.

Sarah saiu correndo do restaurante depois que a biblioteca pública já tinha fechado, o que quer dizer que estamos quites na investigação.

***

Às 9h50, exatamente dez minutos antes da abertura da biblioteca, o sol já cobre a escada de concreto, o que não quer dizer que eu não esteja morrendo de frio, apoiado na estátua de um leão. Alguns turistas já se espalham pelo espaço, tirando fotos e admirando a construção, mas, pelo menos por agora, não sou um mero turista, estou aqui em uma missão.

Depois que alguns minutos se arrastam, finalmente vejo o rosto que esperava encontrar. Vestindo outro conjunto preto, dessa vez mais confortável que o anterior, mas ainda assim extremamente estiloso, Sarah se aproxima, correndo como se estivesse em uma maratona.

Quando me vê, seus olhos se arregalam e, quando percebe que as portas ainda estão fechadas, apoia as mãos nos joelhos, recuperando o fôlego.

— Como foi o basquete? — pergunto e logo depois me parabenizo com tapinhas imaginários nas costas por ter tido a coragem.

— Ótimo! — Ela mente sem hesitar. — Inspirador o suficiente para descobrir o mesmo que você.

E é nesse momento que eu agradeço pelo fato do português ter expressões como "cara de pau", porque nenhum outro idioma definiria o sorriso sarcástico de Sarah tão bem.

Penso em alguma outra resposta irônica, mas somos surpreendidos pelo ruído das portas sendo abertas e corremos para dentro do prédio junto de outros turistas afobados. As paredes que nos recebem são ornamentadas com castiçais e pinturas e parecem ter saído diretamente do cenário de um filme medieval.

Passo pela primeira porta que encontro e, assim que coloco os pés na sala rosa de leitura da New York Public Library, me lembro do motivo de ter escolhido o curso de biblioteconomia. É como se as pessoas mais apaixonadas por livros do mundo tivessem se juntado para produzir uma sala inspiradora e aconchegante o suficiente para que qualquer leitor passasse horas entretido em palavras e histórias. As mesas de madeira e a pintura no teto, simulando o céu de um amanhecer, são simples coadjuvantes perto das estantes forradas de livros.

Quando olho para o lado, percebo que Sarah está tão embasbacada quanto eu. Assim que percebe que está sendo observada, reassume a expressão blasé e, como se tivessem dado a largada em uma corrida, nós dois saímos correndo dali, já que sabemos que aquele não é o local onde os fios de cabelo que procuramos estão expostos.

Desço as escadas que parecem saídas de um dos castelos de *Game of Thrones*, até encontrar uma placa que indica que, descendo mais um lance de escadas, posso acessar duas exposições: uma sobre a vida de uma soprano aparentemente famosa no mundo da música clássica e outra sobre a vida amorosa de escritores famosos.

Tento ignorar a expressão feia do segurança próximo a mim por estar correndo em um ambiente como aquele, mas o som dos passos de Sarah quase me alcançando não me dá outra opção.

Ao passar por outra porta de madeira, encontro a sala da segunda exposição. As quatro paredes da sala têm objetos como os que vi reproduzidos no site e, ao centro da sala, há um expositor de vidro exclusivo para o relacionamento entre Percy Bysshe Shelley e Mary Shelley.

Minha boca se abre automaticamente quando vejo, a poucos metros de mim, a primeira edição de Frankenstein, com páginas amareladas, repletas de frases que usam fontes clássicas, típicas da época. Meu estado de torpor é interrompido pela chegada de Sarah, que entra na sala ao mesmo tempo em que outro grupo de visitantes. Quando ela se aproxima de mim, me obrigo a prestar atenção nos outros objetos e, quase simultaneamente, encontramos aquilo que procurávamos desde a noite anterior.

Ver a resposta do enigma de Mary Mead bem na nossa frente me traz uma mistura de empolgação pela descoberta e insegurança com o que vem por aí.

— O marido dela encorajou Mary a mandar essa mecha de cabelo para um cara que se declarou pra ela? — Sarah começa a ler a descrição feita pela biblioteca que acompanha cada um dos artefatos.

— Eles tinham um relacionamento aberto — explico, compartilhando um pouco do que li na noite anterior. — Essa mecha foi o jeito que ela encontrou para rejeitar ele, o que é bem mais educado do que bloquear a pessoa no Instagram.

Me surpreendo com a risada de Sarah pela minha piada idiota e percebo que nós dois estamos pensando a mesma coisa.

— Legal... — Ela toma coragem para falar primeiro. — E o que a gente faz agora?

— Deve ter uma nova pista nessa sala! — Assim que termino de falar, nós dois estamos vasculhando os quatro cantos da sala, que não é tão grande assim, à procura de um novo envelope ou qualquer coisa que se pareça minimamente com uma pista.

Depois de alguns minutos atrapalhando turistas mais interessados em fotografar os artefatos do que saber mais sobre eles, nos reagrupamos no trecho central da exposição, exatamente em frente aos fios de cabelo que nos trouxeram até aqui.

— Ok, e se essa não for a resposta certa? — sugere Sarah. Sua irritação é nítida na forma como pronuncia as consoantes.

— Espera... — Ao lado do ombro de Sarah, algo chama minha atenção. Eu aponto e ela se vira.

Embaixo da descrição sobre a mecha da autora inglesa, encontro instruções para quem quiser acessar as descrições da exposição em áudio, além de dois QR Codes. O primeiro acompanha o logotipo da biblioteca, e me lembro de ter visto algo semelhante em todos os outros itens expostos. O segundo parece ter sido colado como um adesivo, está presente apenas na descrição do item que procurávamos e, em vez do habitual preto e branco de todos os outros códigos, está colorido com um amarelo muito parecido com...

— A capa de *A Escápula de Tobias!* — exclama Sarah, completando meus pensamentos. — Olha!

Ela aponta e consigo ver, embora tenha que espremer os olhos, duas letras escritas abaixo do quadrado a ser escaneado.

M. M.

— Encontramos! — A incredulidade faz minha voz sair quase que num sussurro, e sou o primeiro a sacar o celular do bolso e apontar a câmera para o código amarelo na placa.

Quando lidos pelo celular, os pequenos quadrados organizados aleatoriamente abrem o navegador do dispositivo e começam a reproduzir um vídeo.

É uma imagem estática de uma xícara de café com um biscoito de gengibre natalino ao lado, mas o que chama nossa atenção é a voz que sai dos alto-falantes dos celulares.

— *Frankenstein* foi o primeiro livro de terror que li. — A entonação faz com que a voz pareça ter começado no meio da frase, sem qualquer tipo de introdução. Mesmo assim, logo de cara percebo que o áudio foi modificado digitalmente. O resultado dessa edição é uma sonoridade aguda e metálica à voz que nos fala. — Foi ela que me fez ficar obcecada por histórias assustadoras e mistérios instigantes. Foi por causa da dona da mecha de cabelo em frente a vocês que escolhi o primeiro nome de meu pseudônimo.

A voz no vídeo faz uma pausa, o que faz Sarah e eu nos olharmos.

— Se realmente desejam me encontrar, procurem pela origem de meu sobrenome em oito, quatro. Vocês estão ainda mais perto de descobrir meu segredo e o tempo está se esgotando. Boa sorte, Mary Mead.

***

— Oito, quatro. Por que não quatro e oito? — Sarah repete, tão pensativa quanto eu. A luz do sol, que atinge diretamente seu rosto, deixa suas sardas ainda mais aparentes, assim como concede um tom mais acobreado ao seu cabelo. Apoiamos nossos copos de papel, cheios de chocolate quente, no degrau largo onde estamos sentados, ao lado da estátua de leão da entrada da biblioteca pública.

— Dessa vez, eu não sei nem por onde começar — confesso.

— Vamos começar pelo óbvio. Além da inspiração na autora de Frankenstein que a gente acabou de descobrir, todo mundo sabe que Mary Mead escolheu esse nome porque...

— Espera — exclamo e Sarah arregala os olhos, provavelmente por não esperar que eu levantasse minha voz desse jeito. — Você vai sair correndo de novo quando descobrir alguma coisa importante e me deixar sozinho ou a gente tá junto dessa vez?

Ela abaixa a cabeça, talvez percebendo pela primeira vez que eu sabia sobre sua estratégia.

— Olha, Matheus. — Sarah junta as duas mãos antes de voltar a falar. — Você mora sozinho?

— Não, ainda moro com a minha família — afirmo.

— Então. — Ela respira fundo. — Eu briguei com toda a minha família para poder estudar moda. Eles queriam que eu fosse médica, advogada, qualquer coisa que envolvesse um trabalho estável e um salário que me desse uma vida confortável. Quando não aguentei mais a pressão, saí de casa, fui morar com a minha namorada e te garanto que a vida pagando por tudo sozinha pra bancar um sonho numa cidade como Londres não é nem um pouco fácil.

Eu desvio o olhar e penso um pouco.

— Mas prejudicar outra pessoa é o melhor jeito de tentar realizar seu sonho? — pergunto.

— Cara, você nem sabe se essa Mary é uma pessoa legal, nem sabe se vale a pena abrir mão de todo esse dinheiro por ela. A gente só curte os livros que ela publica, só isso!

— E é assim que você pensa sobre todas as pessoas que você não conhece?

Ela me encara por alguns segundos e posso ver seu cérebro trabalhando no que eu acabei de dizer. Finalmente, ela levanta a cabeça e abre a boca enquanto olha para o céu por algum tempo.

— Tá! — Sarah revira os olhos. — Eu prometo que vou pensar melhor sobre o acordo com Sam Sherman.

— Promete? — Estendo a mão para ela apertar.

— Isso não quer dizer que eu vou recusar!

— Tudo bem, já é um progresso — digo e sorrio levemente.

— Sei lá o porquê, mas sei que Mary vai ser legal o suficiente para te ajudar com isso. Espero ter tempo suficiente para te convencer de desistir da sua ideia.

— Boa sorte. — Ela aperta minha mão e, dessa vez, nós dois sorrimos. — Enfim, como eu estava dizendo...

— Ah, é! O lance do nome.

— A gente descobriu que uma das inspirações foi Mary Shelley, mas meio que todo mundo sabe de onde vem Mary Mead.

Ela parece parar de falar no meio da frase, nitidamente me testando.

— A cidade fictícia onde Miss Marple mora, St. Mary Mead — respondo, aproveitando que Miss Marple é minha detetive favorita dos livros da rainha do crime, e Sarah confirma com a cabeça, satisfeita. — Agatha Christie é uma das minhas obsessões, poderia passar a minha vida só lendo os livros dela.

— Eu tenho um pouco de preguiça porque são todos iguais — diz ela, como se não estivesse subliminarmente ofendendo uma legião de fanáticos como eu. — É sempre um milionário que deixa uma herança, uma pessoa mata outra por conta dessa herança e quem descobre é uma senhorinha tomando chá das cinco. Tão clichê, sou mais fã do King.

— Clichê? Foi ela quem inventou esses clichês! Eles só existem por causa dessas repetições na obra dela, e essa é a beleza dos livros da Agatha! Além do fato de que ela sempre vai te enganar e colocar a culpa em alguém que você nunca espera.

— Besteira, descobri quem era o assassino de todos os livros que eu li.

— Ok, disso eu duvido! — Olho para ela, incrédulo. — Mas se você é tão boa assim com os mistérios da Agatha, esse negócio de "oito e quatro" vai ser moleza pra você.

— E era exatamente sobre isso que eu ia falar, antes de você me interromper com esse papinho emocionado de fã. — Ela levanta os ombros e respira por um segundo para retomar a linha de raciocínio. — Acho que a gente pode começar pesquisando tudo que pudermos sobre St. Mary Mead e depois vendo quais conclusões a gente pode tirar disso.

— Pode ser, eu não tenho nenhuma ideia melhor — confesso.

— Eu imaginei — responde ela, antes de se levantar rapidamente.

Para avançar na investigação, conversamos com o segurança da entrada da biblioteca pública. Ele aponta para um outro prédio, a alguns metros de onde estamos. É uma outra construção, também da New York Public Library, mas, dessa vez, sem toda a ambientação clássica e medieval do prédio principal.

Quando passamos pela porta automática, nossa surpresa se dá justamente por ser um prédio... normal.

Paredes brancas normais, elevadores normais, prateleiras igualmente normais, dessa vez, com livros contemporâneos, obras que viraram filme e até uma seção de livros famosos no TikTok. No segundo andar, uma fileira de computadores esperam para ser usados e selecionamos o mais próximo da janela. Ao nosso lado, um homem dorme com a cabeça enterrada nos braços e uma série de livros abertos ao seu lado.

— St. Mary Mead é uma cidade fictícia... Inspirada em Somerley... Miss Marple... — Sarah continua lendo trechos desconexos da página na tela à nossa frente.

— Tá, a gente já sabe de tudo isso e se a gente procurar em algum lugar mais confiável que a Wikipedia? — pontuo, e ela apoia o queixo em sua mão direita quando volta para a página de resultados do Google, na qual pesquisamos o nome do lugar inventado pela autora inglesa.

— Tem o site oficial dela — afirma Sarah, mais empolgada dessa vez, clicando para acessar o site. Usando o motor de busca do próprio site oficial de Agatha Christie, um único link é apresentado como resultado quando procuramos por St. Mary Mead. Sarah clica nesse link e o navegador do computador da biblioteca faz download de um arquivo em PDF.

— Parece que a equipe do site criou uma edição de um jornal fictício da cidade.

Conforme Sarah desliza o mouse pela mesa, vejo as primeiras páginas da arte criada para simular um periódico de St. Mary Mead, mas logo nos decepcionamos juntos.

— Ah... — Sarah bate com a mão fechada no tampo da mesa onde estamos. — É só uma divulgação de uma antologia de contos inspirados na Miss Marple. Mais um dia enganados pela publicidade.

— Já fez a pesquisa óbvia? — pergunto e ela contrai as sobrancelhas.

Então, puxo o teclado para mim e digito "St. Mary Mead 84".

— Ótima tentativa! — Sarah bate palmas, num comportamento irônico, já que a busca do Google simplesmente ignorou os números por não encontrar nenhum resultado que combinasse todas essas informações. — Vamos voltar pro vídeo.

Sarah abre o link do vídeo que Mary Mead preparou para nós e transcreve todo o áudio.

— Acho que a gente pode considerar os trechos em que ela fala sobre Frankenstein e sobre Mary Shelley — digo, enquanto aponto para os trechos na tela. — Não acho que ela faria dois enigmas sobre o mesmo assunto.

— Ela também foi bem concisa, dessa vez. Parece que não tem nada para distrair a gente. —Vejo os olhos de Sarah passando pelas frases pelo que deve ser a centésima vez.

— Procurem pela origem do meu nome — leio. — Origem!

Trago o teclado para perto de mim novamente e encontro um artigo sobre a utilização do nome que procuramos.

— St. Mary Mead foi citada pela primeira vez em 1928, no livro *The Mystery of the Blue Train* — digo, deslizando o dedo pela tela do computador para acompanhar a leitura.

— Mas aqui também está dizendo que, nessa primeira vez, tratava-se de um outro vilarejo. O nome só foi usado para se referir ao lugar onde Miss Marple mora em *The Murder at the Vicarage*, de 1930. — Sarah continua a leitura. — E agora? Temos duas origens.

— Se é "origem" acho que temos que considerar o primeiro caso, não?

— É, foi publicado dois anos antes, de qualquer forma.

Sarah continua falando, mas eu já não a escuto mais.

Meus olhos estão concentrados nos números 1928 e 1930 estampados na tela luminosa à minha frente que, por algum motivo que eu ainda não faço ideia qual seja, chamam a minha atenção e parecem se destacar das outras palavras.

Depois de alguns segundos paralisado, minha mente começa a trabalhar e me lembro de como minha memória fotográfica me ajudou a desvendar o livro de Mary Mead. Então, decido vasculhar minhas lembranças até entender o porquê de tais números parecerem tão familiares.

Por algum motivo, sou levado para uma noite de Natal, anos atrás. Vejo meu irmão mais novo feliz com o kit de experimentos que tinha acabado de ganhar e me lembro de olhar, ansioso, para o tubo telescópico embaixo da árvore (aquele tubo que costumam usar para guardar papeis grandes como mapas) com uma etiqueta com meu nome escrito.

Meu pai me entrega o tubo e, quando desenrolo a cartolina em seu interior, demoro para entender do que se trata, mas assim que descubro, o abraço com força. Logo, o Matheus mais jovem corre para seu quarto e busca pelo caderno azul onde ele mantém registradas todas as leituras.

O pôster que ganhei de meu pai parece um daqueles mapas para serem raspados conforme você visita cada país ou cidade. A diferença desse é que, em vez de um mapa-múndi, quadrados organizados em fileiras trazem os sessenta e seis livros de mistério escritos por Agatha Christie. Cada quadrado possui o nome do livro e o ano de publicação e, quando raspado, revela a capa da primeira edição daquela história. Eu me lembro de passar o resto da noite ignorando a ceia de Natal para raspar todos os livros que eu já tinha lido e descobrindo as datas das suas publicações, indo da década de 1920 até 1976. Foi praticamente um parque de diversões para um nerd fã de mistérios como eu e várias daquelas datas ficaram marcadas em minha mente, por mais que eu só tenha me dado conta agora. Se eu estiver certo sobre a publicação de 1928, posso estar perto de solucionar a segunda pista de Mary Mead.

— Matheus?

Voltando de meu devaneio, percebo que Sarah tentava chamar minha atenção há algum tempo, mas, sem dizer nada, percorro os dedos pelas teclas do teclado.

— Oito... — murmuro quando chego à página com uma lista extensa, enquanto uso o mouse para contar cada uma das publicações de Agatha Christie até chegar à oitava. — Aqui! *The mystery of the blue train* foi o oitavo livro publicado e a primeira vez que St. Mary Mead foi citada!

— Oito, quatro! Volta pro quarto! — Sarah se agita na cadeira e aproxima o rosto da tela.

Contamos juntos conforme passo a seta do mouse por cada um dos títulos.

— *The man in the brown suit* — leio e clico na arte da capa para saber mais sobre o livro.

— Se passa em Londres! — Sarah parece genuinamente empolgada. — Uma morte misteriosa no metrô de Londres, uma jovem turista vai tentar solucionar o mistério e tem um cara suspeito de terno marrom. Tá vendo? 100% clichê!

— Eu não vou discutir mais sobre isso! — Reviro os olhos e ela ri. — Mas isso foi só uma ideia, não leva a gente pra lugar nenhum.

— Mas com certeza foi proposital, Mary Mead sabe que eu vim de Londres!

— E por que ela faria uma pista sobre você?

— Por que ela *não* faria uma pista sobre mim? — Sarah levanta os ombros. — Enfim, vamos continuar procurando.

Sarah continua deslizando pela lista de resultados com

o nome do livro, sem nada muito promissor chamar nossa atenção, até que ela larga o mouse e se vira para mim.

— Matheus, a gente tá esquecendo de uma coisa!
— O que? — Também me viro em sua direção.
— Lembra o que levou a gente até a biblioteca?
— O cabelo da Mary Shelley?
— Não! A relação do enigma com a cidade — relembra Sarah, enquanto digita as palavras *"the man in the brown suit"* e "Nova York".

Nós dois paralisamos por alguns segundos quando, no topo da tela, o primeiro resultado é de um site que divulga a programação cultural de Nova York.

O artigo anuncia em frases empolgadas demais que, em uma livraria independente da cidade, a adaptação cinematográfica do quarto livro de Agatha Christie seria exibida em um festival de Natal organizado para os fãs da autora.

No rodapé, as informações essenciais do serviço como endereço e horário estão escritas em um azul-marinho e é justamente por conta dessas informações que não nos preocupamos em desligar o computador antes de deixar a biblioteca pública.

A sessão começa em meia hora.

***

Por sorte, poucos minutos de caminhada separam a Murray Street, onde estávamos, da Warren Street, onde fica a Mysterious Bookshop — uma livraria especializada em livros de suspense, mistério e horror.

Mesmo caminhando lado a lado, Sarah e eu não trocamos nenhuma palavra.

Toda a nossa concentração está no movimento dos pés, que batem contra as calçadas de Manhattan, e no mapa em meu celular. A adrenalina e o suor me impedem de sentir o frio que obriga todos na rua a usarem casacos e sobretudos. Mas depois de quase sermos atropelados ao atravessar uma das avenidas, a visão de um restaurante mexicano faz minha barriga roncar, num alerta sonoro nada discreto que me lembra de que não comi nada o dia inteiro.

Em silêncio, desejo que a gente solucione o enigma o quanto antes e que eu tenha tempo suficiente para aproveitar os restaurantes da cidade quando tudo isso estiver terminado.

Sarah aponta para frente e vejo algumas pessoas em uma fila tão extensa que chega até a calçada. Quando vejo a máscara do Jason estampada na camiseta do último homem da fila, não preciso me esforçar muito para saber que estamos no lugar certo.

Ofegantes, ocupamos o último lugar na fila e aproveito para espiar a fachada discreta que poderia passar despercebida, se não fosse pela pequena aglomeração de pessoas. Duas pilastras de tijolos laranjas acompanham uma vitrine emoldurada por paredes beges e cinzas. Destoando de absolutamente todos os outros lugares que vi até agora em Nova York, os funcionários da livraria não se preocuparam em decorar as vitrines para o Natal, que parecem estar num eterno Halloween. Os livros em destaque combinam as capas com outros objetos, como uma caveira, um corvo e abóboras sorridentes. Ainda assim, a maior parte do vidro permite a visão do interior da loja, onde estantes de livros marrons são iluminadas por uma lâmpada amarela, assim como as dezenas de visitantes que se amontoam em frente a uma tela branca, exatamente ao centro da livraria.

É difícil controlar a ansiedade típica da investigação e esperar pacientemente na fila, mas, quando chega nossa vez, o vendedor da loja nos recebe com um sorriso e dois copos plásticos pequenos com um pouco de café.

— Tinha uma xícara de café no vídeo do enigma — comento baixinho para Sarah, e ela concorda enquanto recusa o café e passa o copo para mim.

Munido de uma dose extra de cafeína, meu corpo começa a se aquecer por dentro e sinto o cheiro característico da bebida se espalhar por todo o espaço, misturando-se a outro aroma que conheço muito bem.

O ruído das conversas dispersas das pessoas sentadas em pequenas almofadas espalhadas pelo chão se junta ao som dos dentes quebrando as pipocas distribuídas em sacos de papel. Quando me dou conta, meu olhar já está escaneando o espaço, tentando encontrar quem está entregando aqueles saquinhos. O ambiente não é muito grande, mas é espaçoso o suficiente para comportar todos que estão ali de forma aconchegante.

— Matheus, foco! — Sarah puxa a manga de minha blusa.

— Eu também tô morrendo de fome, mas a gente precisa se concentrar.

— Tá, mas o que a gente tá procurando exatamente?

— Talvez Mary tenha deixado outra carta...

— Ou outro vídeo! — Aponto para a tela branca apoiada em um pedestal e Sarah parece se animar com a ideia.

— Com licença, com licença! — O homem que nos recebeu na entrada levanta as mãos, pedindo a atenção de todos. Só então noto o logotipo da livraria estampado em sua camiseta preta. — Nós já vamos começar a sessão, mas, antes, queria agradecer a presença de todos em mais uma noite do nosso projeto de exibição de filmes inspirados nas obras de Agatha Christie!

Todos aplaudem e, para não levantar suspeitas, Sarah e eu ocupamos as últimas almofadas laranjas disponíveis.

— Também não posso esquecer de agradecer quem tornou essas sessões gratuitas possíveis! — O homem respira fundo e observa a todos por um segundo. — Sim, acreditem se quiserem, mas quem está patrocinando nosso projeto é a autora de mistérios e enigmas mais popular do momento, Mary Mead!

Um suspiro de surpresa é compartilhado por todos, que batem palmas e, automaticamente, começam a girar a cabeça pelo espaço, provavelmente na esperança de encontrar a autora que se esconde atrás de um nome falso.

— Infelizmente, ela não pôde estar aqui, hoje — continua o vendedor e todos murcham, decepcionados. — E, mesmo se ela estivesse, não saberíamos, certo? — Todos riem e ele espera alguns segundos para continuar. — Ainda assim, ela foi generosa o suficiente para enviar seu assessor de imprensa, que fez questão de vir prestigiar a sessão desta noite!

O homem puxa uma salva de palmas e estico o pescoço o suficiente para ver Oliver, na primeira fileira, se virar e sorrir para todos. Ele não nos vê, mas, mesmo assim, não consigo evitar um sorriso sincero ao vê-lo de novo.

— Estamos no lugar certo — sussurra Sarah, próxima ao meu ouvido.

— O filme de hoje é *The man in the brown suit*, de 1989, adaptado do romance de mesmo nome de Agatha Christie. Esperamos que aproveitem e, se tiverem um palpite certeiro sobre quem é o assassino... — Ele faz uma pausa dramática. — Guardem para vocês, porque ninguém gosta de *spoilers*!

O homem se despede com mais risadas e aplausos e, logo,

um pequeno projetor no outro extremo da loja faz a tela branca se encher de cor. A trilha sonora inicial ocupa todo o espaço e vemos, em um fundo azul, uma mesa com alguns copos e taças de vidro. Ao centro, um charuto espalha sua fumaça por toda a tela e uma mulher em um vestido com pedras aparece cantando em um microfone, conforme caminha por uma espécie de cabaré. Mais uma vez, olho para Sarah, que observa seu relógio.

— Temos só mais algumas horas. — Ela tenta abaixar o volume de sua voz o máximo possível. — O prazo do enigma se encerra às sete.

— E a gente vai perder umas duas horas vendo um filme? — pergunto, enquanto outro funcionário distribui mais pipocas. Sinto a manteiga lambuzando meus dedos e, quando coloco a primeira delas na boca, posso ouvir meu estômago comemorando e agradecendo por aquele sabor familiar.

— Mas e se a próxima pista estiver no meio do filme?

— A gente nem sabe se essa é a resposta certa, talvez a gente esteja só perdendo tempo.

— Matheus, ela *patrocinou* a sessão, é claro que a gente tá no caminho certo. — Ela se vira para a tela, novamente.

Assim que a cantora do filme termina seu show, um homem é preso e acusado de roubar diamantes, o que dá lugar à primeira cena de ação do filme, com direito a lutas e revólveres. A cena termina com um sorriso irônico da cantora e com Sarah cutucando meu ombro.

— Não olha agora, mas alguém que a gente conhece acabou de chegar. — Assim que ela termina de falar, giro o pescoço. — Falei pra não olhar!

Mesmo que volte a olhar para a tela rapidamente, poucos segundos foram o suficiente para identificar a chegada de Sam Sherman à livraria. Por estar bem próximo de onde estamos sentados, consigo sentir sua movimentação. Ele dá alguns passos e, em vez de ocupar alguma das poucas almofadas ainda disponíveis, continua de pé, apoiado em uma prateleira.

Sarah vai ceder.

De alguma forma, eu sei disso.

Sei que nenhum dos meus argumentos pode superar a ideia de ganhar um dinheiro fácil, ainda mais uma quantia que pode transformar a vida dela e, apesar de todas as minhas certezas, seria ridículo dizer que essa ideia não mexeu nem um pouco comigo.

É claro que poder ter uma vida mais tranquila é tentador para qualquer pessoa, mas mesmo assim não consigo me imaginar traindo a confiança de Mary, que realizou o maior sonho da minha vida só para que eu pudesse conhecê-la de verdade.

Por isso, uma ideia absurda e ainda assim atraente começa a se formar em minha mente.

Em meus pensamentos, consigo me ver levantando no meio da sessão e ignorando os olhares furiosos em minha direção para caminhar até Oliver e contar para ele tudo que sei sobre Sam Sherman e a matéria para a *Spill the Tea*.

Seria uma boa saída, mas sei que o receio de mexer com alguém tão poderoso quanto Sam me paralisaria, então deixo que a ideia continue apenas em minha cabeça.

Minha impaciência progride junto ao filme, e a sensação de estarmos perdendo tempo consegue me deixar agoniado o suficiente para que eu roa todas as unhas.

— Você tá esperando exatamente o quê? — Dessa vez, sou eu que sussurro na direção de Sarah. — Ela aparecer no meio do filme pra passar alguma mensagem pra gente?

— Não é má ideia, mas... Sei lá, você não acha coincidência demais a sessão do filme estar acontecendo exatamente hoje?

Penso no que responder, mas, contrariando minha ideia absurda de minutos atrás, é Oliver quem se levanta, tomando cuidado para não atrapalhar ninguém. Ele começa a caminhar em direção à saída, ou seja, em direção a nós.

Busco seu olhar, mas ele parece ter os olhos concentrados na porta, exceto pelo momento em que ele se vira de costas para a direção da rua e se aproxima da última fileira, onde nós estamos. Ele se abaixa e encaixa a cabeça exatamente no lugar onde meu ombro e o de Sarah se encontram.

— Mary disse que se eu encontrasse vocês aqui... — O cheiro de seu perfume, doce e um tanto cítrico, nos atinge ao mesmo tempo que sua voz levemente soprosa. — ...deveria entregar isso para vocês.

Ele estende outro envelope amarelo, muito parecido com aquele que usou para a primeira pista do enigma. Sarah agarra o envelope, Oliver deixa a livraria e permanecemos paralisados por algum tempo, mas logo nos levantamos também.

— Com licença... — Ouço a voz vindo em nossa direção, até um dedo fino tocar meus ombros. Quando me viro, vejo uma garota que deve ter a idade da Sarah. Ela veste uma camiseta larga com a silhueta de Alfred Hitchcock desenhada, usa óculos dourados que iluminam seu rosto e segura com as duas mãos um livro de capa amarela. — Você são Matheus e Sarah? Vocês solucionaram *A Escápula de Tobias*?

Vejo o brilho em seu olhar e, completamente sem saber como agir nessa situação, apenas balanço a cabeça, enquanto Sarah continua completamente estática.

— Uau, vocês são incríveis! Eu tentei por semanas e falhei completamente — A garota fala baixo para não atrapalhar quem assiste ao filme e acaba atropelando algumas palavras, mas continua sorrindo a todo instante.

— Vocês se importariam de assinar meu livro?
Ela estende o livro em suas mãos, junto de uma caneta com um Papai Noel na ponta. Eu hesito, mas Sarah dá um empurrão leve em minhas costas para me fazer tomar uma atitude, então finalmente pego o livro e a caneta e começo a escrever meu nome. Enquanto tento fazer isso de um jeito bonito, como eu acho que pessoas que assinam livros devem fazer, ouço um burburinho começar a tomar conta da sala e se sobrepor ao som do filme.

— Matheus... — Sarah me cutuca mais uma vez e, quando me dou conta, praticamente todos aqueles que assistiam ao filme, estão aglomerados em uma fila nada organizada, atrás da garota de óculos, carregando exemplares do livro ou pedindo por exemplares para os vendedores.

Não consigo esconder o desespero quando me viro para Sarah, mas ela apenas dá de ombros e pega o livro da garota para assinar, também.

Sem ter qualquer outra opção, tiramos fotos e ouvimos as histórias de todos os leitores que vêm falar conosco. Eles pedem dicas para solucionar o mistério do livro também, nos parabenizam pela conquista e contam sobre suas estratégias de investigação. Tinha até um casal de garotas do Rio de Janeiro que disseram estar muito orgulhosas por um brasileiro ter sido o primeiro a solucionar o enigma do livro.

Mal sabem elas que eu deveria estar solucionando outro enigma, nesse exato momento.

Não sei precisar quanto tempo passamos atendendo às pessoas da fila, mas sei que essa foi, de longe, a coisa mais surreal que já me aconteceu. Interagir com cada um dos leitores me trouxe uma rara sensação de pertencimento. Todos parecemos dividir os mesmos interesses, e encontrar pessoas com quem compartilhar nossas paixões é extremamente acolhedor. Quando termino de conversar com o último homem na fila, Sarah agarra meu braço e me arrasta para fora da sessão de cinema arruinada por dois nerds.

Meu primeiro impulso é olhar para os dois lados da rua, procurando por Oliver, mas ele já não está ao alcance da vista ou já se mistura a todos os outros pedestres nas calçadas cheias. Já Sarah abre o envelope e o atira no chão com a mesma agressividade com a qual ela jogou o tablet na mesa do restaurante, na noite anterior.

Enquanto ela lê o conteúdo do papel que estava ali dentro, pego os restos do envelope no chão e os transformo em uma bolinha de papel.

— Droga, eu sabia que a gente tava no lugar errado! — Ela praticamente grita, mesmo tendo me dito exatamente o contrário há alguns minutos.

— Pistas certas também nos levam a caminhos errados — leio por cima de seu ombro.

— Tentem novamente, mas, dessa vez... — continua Sarah lendo. — Sigam as instruções até o fim da linha.

Um vento gelado nos atinge e aperto o casaco contra o corpo, cogitando voltar para a livraria para pensar numa nova estratégia lá dentro, mas Sarah não parece nem um pouco abalada com a temperatura.

— Pelo menos as pistas estão certas — comenta ela, quase que para si mesma.

— Então os números realmente se referem à ordem de lançamento dos livros — afirmo e Sarah balança a cabeça positivamente. — A gente só precisa...

— Olha só, meus detetives favoritos! — Ouvimos a porta da livraria se abrir de novo e, como eu já devia ter imaginado, vemos Sam Sherman se aproximando de nós.

— Sam! — Sarah finge surpresa em uma voz mais aguda que o normal e nem um pouco convincente.

— Não imaginei que você curtisse esse tipo de filme — comento.

— Quem não gosta de um bom filme de mistério? — Ele faz questão de exibir os dentes perfeitamente alinhados e brancos. — Na verdade, vim tentar conversar com Oliver. Ele ignora todos os meus e-mails, então decidi tentar a sorte, mas ele foi embora antes que eu conseguisse sequer puxar assunto — diz Sam, na nossa direção, embora, na maior parte do tempo, seu olhar esteja no papel na mão de Sarah. — Ele deixou um presente para vocês?

— Eu não chamaria de presente — emenda Sarah, mas Sam não parece prestar atenção.

— Olha, não sei o que ele tem conversado com vocês, mas vocês chegaram a pensar na proposta? Imagino que já tenham se encontrado com Mary.

— Na verdade... — começa Sarah, e eu tento impedi-la, mas não consigo pensar em como fazer isso de um jeito sutil a tempo. — Não estamos nem perto disso.

— Vocês não iam conhecer ela hoje? — Ele se aproxima mais um pouco, vendo que Sarah está disposta a contar mais sobre o que estamos passando.

Quando minha mente e meu corpo me obrigam a tomar uma atitude, arranco o papel de sua mão e me afasto, percebendo que os dois vão continuar conversando. Sarah nem reage por não estar mais em posse do papel com a nova dica, já que ela deve ter memorizado as palavras de Mary.

O único jeito de evitar que tudo dê errado é solucionando esse enigma de uma vez.

Os números oito e quatro eram um enigma pro oitavo e pro quarto livro lançados por Agatha Christie, mas por que Mary fez questão de colocar o oitavo livro em primeiro lugar? Meu olhar volta a se concentrar no papel que Oliver entregou a nós.

Sigam as instruções até o fim da linha.

Seguro o papel com tanta força que chego a amassar as pontas. A voz de Sarah e Sam conversando continua chegando aos meus ouvidos enquanto tento descobrir quais são as informações que devemos perseguir até o fim da linha.

Então, aproximo o papel de meus olhos.

Fim da linha.

Eu me lembro de Sarah lendo a sinopse e ficando feliz por um dos livros se passar em Londres e só então percebo que os dois têm algo em comum. Nas duas histórias, algum acontecimento importante para o mistério se passa em um trem, o que inclusive levou Agatha Christie a usar "trem azul" no título de um dos livros.

Depois, o trecho que minha memória traz à tona é do enigma que Sarah e eu recebemos no Hard Rock Café. Eu me lembro de acompanhar com meus próprios olhos a leitura da carta, incluindo o trecho que, no fim, foi o que nos levou até a mecha de cabelo.

Uma experiência pela minha cidade favorita que prometo que será única.

Coloco o papel no bolso e consulto o mapa em meu celular, então interrompo a conversa entre Sarah e Sam, agarrando o braço da minha parceira de investigação e a conduzindo até a rua do lado.

***

Passo o cartão do metrô e a catraca libera minha passagem. Sarah, atrás de mim, repete o movimento, sem deixar de emendar uma pergunta na outra.

— Posso pelo menos saber pra onde a gente vai?

— Essa é a parte que eu ainda tô tentando descobrir! Mas...

— Guio ela por uma escada e, a cada lance que descemos, o odor do metrô de Nova York piora. Aponto para a placa na parede e me viro para Sarah. — *The mystery of the blue train.*

Ela interrompe o andar bruscamente e, com a boca aberta, observa por algum tempo a placa que indica que estamos na linha azul do metrô.

— Genial... — Ela solta todo o ar conforme fala e logo voltamos a correr pelos degraus até a plataforma. Além de nós, há apenas um pequeno grupo de adolescentes vestindo suéteres natalinos, alguns metros à frente. — *Procurem pela origem de meu sobrenome em oito, quatro.* — Sarah relembra o enigma. — Se oito veio antes do quatro, é porque tínhamos que vir pra linha azul primeiro, mas e agora?

— O segundo livro tem uma passagem em um trem de Londres — sugiro, tentando buscar algum sentido.

— O consulado britânico de Nova York fica na segunda avenida — afirma Sarah.

— Mas por que Mary Mead levaria a gente até lá?

Nossas especulações são interrompidas pela luz do farol do metrô que surge na curva distante do trilho. Giramos o pescoço como se tivéssemos ensaiado, e os vagões passam por nós, fazendo meu cabelo e o de Sarah voarem para trás.

As portas se abrem e me viro para Sarah, fazendo uma pergunta silenciosa usando apenas minhas sobrancelhas.

Ela responde dando de ombros, então entramos no vagão.

O interior do vagão do metrô não é tão diferente dos vagões de São Paulo que já conheço. Poucos são os lugares disponíveis, então decidimos continuar de pé, nos apoiando próximos à porta oposta à que entramos, nos segurando com força nas barras de ferro.

— Mary Mead se inspirou muito em Agatha Christie, uma escritora *inglesa*! — Ela explica como se eu não soubesse. — Faria todo sentido colocar alguma pista no consulado.

— E você acha que vão deixar a gente sequer pisar no consulado sem um motivo melhor do que uma gincana criada por uma escritora? Eu acho que...

— Matheus! — sussurra Sarah de repente, colocando a mão em meu ombro. Seus olhos se arregalam e continuam fixos em um ponto no fundo do vagão. Ela provavelmente não ia gostar que eu olhasse agora, mas sua expressão faz com que seja impossível esperar.

Devagar, viro o pescoço, deixando meu olhar passar por cada uma das pessoas que dividem o vagão com a gente. Nada chama minha atenção, exceto pelo momento em que eu termino de me virar e observo o homem parado em frente à porta que liga o vagão onde estamos com o próximo.

Seus olhos estão estáticos em nossa direção. Ele tem uma barba rala, uma pele pálida e, quando presto atenção em suas mãos, percebo que, na direita, ele segura uma maleta, e na esquerda, um exemplar de *A Escápula de Tobias*. Como se isso já não fosse o suficiente para chamar nossa atenção, a cereja do bolo é o terno que ele veste e, principalmente, o tom de marrom do tecido, semelhante à cor de uma barra de chocolate ao leite.

— O homem do terno marrom — sussurro dessa vez para Sarah. — Será?

— Ele tá literalmente segurando o livro que trouxe a gente aqui e não para de olhar na nossa direção — responde ela, ainda mantendo os olhos vidrados no homem desconhecido.

Quando a voz eletrônica do metrô avisa que estamos na estação *Canal Street*, o homem começa a se movimentar como se alguém tivesse apertado um botão para acionar seu movimento. Os braços, rígidos, guardam o livro na maleta, então balançam ao lado de seu corpo, movendo somente o necessário para que ele se equilibre. Apesar de ter nos encarado até segundos antes, ele passa direto por nós, ignorando também a porta do vagão que se abre na plataforma da nova estação.

Seus passos pesados o levam em uma linha reta até a outra porta de ligação com o vagão seguinte, que ele abre sem pestanejar. Pelo vidro da porta, conseguimos ver que ele segue caminhando da mesma forma, mas logo sairá de nosso campo de visão.

— É a única possibilidade de pista que a gente tem! — Sarah não termina de falar para se afastar a passos rápidos, percorrendo o mesmo caminho que o homem no terno marrom percorreu há pouco. Eu a sigo, apertando o passo para acompanhá-la antes que ela feche a porta atrás de si.

O vagão seguinte está um pouco mais vazio do que os outros, então fica fácil ver que nosso alvo já está atravessando para o vagão seguinte. O metrô volta a andar e balança o suficiente para que eu precise interromper os passos e me segurar novamente nas barras de apoio. Sarah parece lidar com o equilíbrio melhor do que eu, então continua seguindo o homem com a maleta na mão por mais alguns vagões. Mesmo de costas, consigo ver como sua postura se mantém rígida e firme durante toda a caminhada. Nem por um segundo percebemos ele titubear ou olhar para qualquer direção que não seja para a frente.

Conforme as estações e os vagões passam, começo a me questionar o que vai acontecer quando chegarmos ao fim do trem, quando não houver mais nenhum vagão para onde ele seguir, e confesso que a insegurança e o medo repentinos fazem os pelos do meu braço arrepiarem. Penso em comentar isso com Sarah, mas ela está tão concentrada em perseguir nossa possível pista que nem percebe o olhar de estranhamento das pessoas sentadas nos bancos estreitos.

Por um momento, o metrô balança mais forte, as luzes piscam algumas vezes até apagarem de vez. Alguns passageiros resmungam enquanto minha visão tenta se acostumar à escuridão repentina.

Percebo Sarah diminuindo a velocidade e, quando olho por cima de seus ombros, vejo o homem de terno marrom interromper a caminhada. Ele não tem mais para onde ir. No primeiro vagão do trem, ele se apoia novamente na divisória entre o vagão e a cabine do condutor. Os olhos dele logo buscam os meus e os de Sarah e continuam alternando entre nós dois, enquanto junta as mãos para segurar na alça de sua maleta.

Incerto sobre como agir, apenas o encaro de volta. Estou tão hipnotizado pela forma como ele consegue se manter estático por tanto tempo que quase não percebo Sarah chamando minha atenção.

Ela balança a mão direita em frente ao meu rosto e só então presto atenção no que ela quer me mostrar. Meus olhos se desvencilham da expressão neutra do homem que seguimos e agora percorrem todo o espaço, já mais acostumados com a falta de luz.

Assim que tenho visão mais ampla do vagão, meu corpo inteiro começa a tremer.

Cada um dos assentos coloridos em tons alternantes de laranja espalhados pelo vagão está ocupado por um homem segurando uma maleta. Todos eles, sem exceção, vestem o já familiar terno marrom, o mesmo que o homem que perseguimos pelos últimos minutos veste.

Eu e Sarah giramos o corpo, atônitos com o cenário surreal à nossa frente, prestando atenção em como todos ignoram nossa chegada e mantêm a mesma postura ereta e rígida, como se um piscar de olhos pudesse condená-los à morte. O ruído do metrô passando em alta velocidade por baixo da terra é tudo que escutamos, já que tanto nós dois quanto aqueles homens continuamos em silêncio.

Pela primeira vez, vejo o olhar de Sarah deixar a expressão blasé e se converter em uma mistura de incredulidade, ansiedade e medo.

Quando o metrô para, meu corpo vai para a frente e me seguro em Sarah para não cair. A voz automática, anuncia a estação onde estamos.

— Times Square — *42th Street Station*.

Como se a voz tivesse algum poder sobre eles, os homens, até então inertes, levantam-se em uma sincronia perfeita e, guiados pelo mesmo homem que nos trouxe até aqui, seguem rumo à porta do vagão que acabou de se abrir.

Eles agem como se nem estivéssemos ali, então os corpos deles empurram os nossos com o movimento e não temos outra opção a não ser seguir o grupo, que passa da plataforma para as escadas, até a entrada da estação, fazendo uma fila perfeita para passar pela catraca.

As dezenas de ternos marrons alinhados chamam a atenção dos outros passageiros, que tiram fotos, apontam e até dão risada, e posso garantir que nossa roupa, destoante das deles, consegue se tornar ainda mais chamativa.

Quando terminamos de subir as escadas em direção à rua,

os homens deixam a fila e assumem uma formação quadrilateral, deixando-nos exatamente ao centro, como se estivéssemos sendo escoltados por eles. Toda aquela movimentação torna a quadragésima segunda rua de Nova York ainda mais barulhenta por conta da comoção das pessoas ao redor. Assim que voltamos a caminhar, do meu lado esquerdo, consigo ver alguém vestindo uma fantasia de biscoito de gengibre que cobre o corpo inteiro. De onde estou, não consigo ver qualquer lugar na fantasia para a entrada de ar, mas a pessoa que a veste nem se importa, ela nos acompanha e dança ao som de "Santa Tell Me", de Ariana Grande, que começa a tocar em algum lugar.

— É bom que a gente realmente esteja atrás da pista certa dessa vez, porque... — diz Sarah, observando novamente seu relógio e se vira para mim. Preciso aproximar meu ouvido direito para conseguir ouvi-la. — Temos só alguns minutos até o fim do prazo.

Concordo com a cabeça, então meu olhar passeia pela quantidade de câmeras e celulares que nos acompanham durante toda a caminhada da qual não fazemos ideia do destino.

Quando um rosto familiar surge na multidão, chamo a atenção de Sarah.

— Você contou tudo pra ele, mesmo? — grito, para tentar para ser ouvido, enquanto aponto para Sam Sherman que acompanha os passos da aglomeração de ternos marrons.

Sarah estica o pescoço e percebo que, agora, ele dá ordens para um grupo de pessoas atrás dele, que também carregam máquinas fotográficas e gravadores de áudio.

— Eu mandei ele ir se danar!

— O quê?

— Pensei em tudo que você disse. Espero que eu não me

arrependa disso, mas desisti de ajudar ele com a matéria. Você tava certo, acho que tem jeitos melhores de eu conseguir bancar meu sonho.

Completamente aliviado, um suspiro escapa da minha boca.

— Eu juro que se ela for uma escrota, eu vou mandar a mensalidade da faculdade pra você pagar!

— Mas por que ele tá atrás da gente, ainda?

— É que... — Sarah olha na direção dos nossos pés por um instante, então levanta a cabeça, sem olhar em meus olhos.

— Levei um tempo pra tomar essa decisão e, mesmo me recusando a contar o segredo de Mary, eu já tinha contado sobre o desafio. Ele sabe que, uma hora ou outra, alguma pista vai levar até Mary e deve estar seguindo a gente pra tentar se aproveitar disso.

— Eu acho que Mary é esperta o suficiente pra se livrar deles — digo, sem que eu mesmo acredite completamente na afirmação que acabei de fazer.

Conforme avançamos, os letreiros luminosos que vão surgindo anunciam que estamos nos aproximando da Times Square e mais alguns passos nos levam até o ponto principal da avenida. Estamos em frente à escadaria vermelha, onde vários turistas se amontoam para fazer fotos e vídeos, quando os homens de terno marrom interrompem a caminhada abruptamente.

A música para de tocar, então ouço a multidão que nos acompanha prendendo o ar pela surpresa e a expectativa do que está por vir.

De uma hora para a outra, cada um dos letreiros que iluminam o fim de tarde da Times Square se tornam brancos, ou seja, projetam uma imagem vazia, com luminosidade suficiente para que algumas pessoas protejam os olhos com o antebraço, como se estivessem olhando diretamente para o sol.

Dessa vez, o arrepio não se limita ao meu braço, mas percorre meu corpo todo no instante em que a voz modificada digitalmente, a mesma que ouvimos quando encontramos a mecha de cabelo no museu, começa a ser projetada pelo que parecem ser todas as caixas de som disponíveis pelos arredores de onde estamos.

— Essa é uma mensagem de Mary Mead para todos vocês.

— Conforme a voz diz cada palavra, elas aparecem em uma letra cursiva cor de rosa sobre os letreiros, até então brancos.

A aglomeração impede os carros de transitarem, mas nenhum dos motoristas buzina em protesto. Pelo contrário. Alguns deles, ao ouvirem o nome de Mary Mead, abaixam os vidros das janelas e se esgueiram para conseguir ouvir melhor.

Mais uma vez, de forma sincronizada, os homens de terno marrom começam a se mexer. Apenas alguns continuam nos protegendo, mas a maioria deles dá alguns passos para a frente. Um a um, eles abrem as maletas igualmente marrons e tiram pilhas de exemplares de *A Escápula de Tobias*, centenas deles, dali de dentro.

— Vocês conhecem meus livros, meus mistérios... — continua a voz, e, em questão de segundos, o que antes eram pilhas de um mesmo livro, agora formam uma espécie de plataforma plana, de cerca de dois metros de extensão. Um homem com camiseta de time de basquete tenta subir no palanque improvisado, mas logo é impedido por aqueles que nos trouxeram até aqui. — Por todos esses anos, o mundo todo acompanhou meu trabalho e ovacionou minha arte. Pude provar meu valor única e exclusivamente por meio das palavras que surgiam em minha mente, e vocês foram generosos o suficiente para que eu pudesse continuar escrevendo e criando mistérios e enigmas sem precisar expor detalhes da minha vida pessoal.

Por isso, por que não estreitamos a nossa relação? Considerem isso um presente de Natal adiantado!

Todos continuam acompanhando as palavras, conforme surgem nos letreiros. Os homens deixam de rodear a plataforma de livros e se posicionam em duas filas perpendiculares a elas, formando um corredor.

— Isso tá realmente acontecendo? — diz Sarah, para mim, embora seu olhar continue paralisado em um dos painéis luminosos. O choque e a fascinação mantêm sua boca entreaberta, assim como a minha.

— Acho que, na real, você tá invadindo meu sonho — respondo, mas sou interrompido por Mary.

— Quando eu pensei em publicar *A Escápula de Tobias*, decidi que faria o maior enigma literário que alguém já criou. Com esse projeto, eu tinha um objetivo em mente: encontrar os melhores leitores solucionadores de mistérios.

Quando a voz metálica de Mary termina a frase, Sarah e eu nos entreolhamos novamente, assim como toda a multidão ao redor, que aponta para nós e se agita em um mar de câmeras de celulares. Uma das jornalistas de Sam Sherman é a pessoa que chega mais perto, carregando uma câmera com uma lente maior que minha cabeça e um flash que nos cega por alguns segundos.

— Como vocês já sabem muito bem, deu certo! Encontrei os dois jovens leitores que, diferente dos outros três milhões que tentaram e falharam miseravelmente, provaram ter habilidades extraordinárias para solucionar enigmas, armazenar e comparar informações e um nível de loucura parecido o suficiente com o meu para imaginar soluções mirabolantes para mistérios aparentemente impossíveis. — Enquanto a voz de Mary ocupa toda a rua, o homem que seguimos pelos vagões do metrô faz um sinal com a cabeça para nós o acompanharmos mais uma vez. Ele nos direciona ao longo de todo o corredor de ternos marrons. — O que vocês não sabem ou, pelo menos, não deveriam saber, é que nos últimos dias, Sarah e Matheus estiveram envolvidos em um novo enigma pela cidade de Nova York e pela minha história como escritora.

O homem nos coloca em cima da plataforma e, dali, temos uma visão privilegiada da rua que eu sempre quis conhecer. Incerto sobre como me comportar, deixo meu olhar vagar pela aglomeração de pessoas à minha frente, tentando encontrar Oliver em meio a tanta gente.

— Sim, mais uma vez, eles provaram ser os maiores investigadores literários do mundo, então chegou a hora de dar o grande prêmio a eles! — As palavras "grande prêmio" permanecem algum tempo estampadas nas telas por toda a Times Square, até Mary Mead voltar a falar.

Diferente da euforia de segundos atrás, todos parecem estar prendendo o ar ao mesmo tempo. Fazemos um silêncio inacreditável enquanto longos segundos se arrastam, logo vejo Sam garantindo que a câmera de sua equipe está gravando tudo.

A única coisa que destoa da expectativa coletiva é a pessoa na fantasia de biscoito de gengibre, que continua dançando mesmo sem nenhuma música. Ela mexe os braços e pernas de um jeito desengonçado e esbarra em nova-iorquinos e turistas que esperam pela grande revelação. Aos poucos, sua movimentação vai se tornando mais espalhafatosa, o suficiente para fazer algumas pessoas começarem a reclamar, xingar e até a empurrar sua fantasia. Mesmo assim, o Biscoito não parece se importar. Ele se aproveita de sua dança para se mover pela multidão, mesmo que, pela quantidade de pessoas, pareça impossível.

Em pouco tempo, Biscoito de Gengibre já está próximo de nós e consigo ver melhor os olhos brancos de plástico que simulam glacê, os granulados azuis que formam as sobrancelhas e os botões vermelhos que decoram seu tronco. Quando percebe que os homens de terno marrom não irão impedi-lo de seguir em frente, ele avança, dançando pelo corredor formado por eles.

Sarah agarra meu pulso e tenho certeza de que ela quer sair correndo dali, mas, por algum motivo, sinto que estamos seguros.

Um assassino jamais se fantasiaria de Biscoito de Gengibre para atacar dois leitores assustados em meio a uma multidão e em frente a dezenas de câmeras.

Pelo menos, é o que eu espero.

Os letreiros se apagam novamente e, dessa vez, em vez da tela branca, eles ficam completamente pretos, diminuindo significativamente a quantidade de luz que era projetada pela rua até então. Biscoito de Gengibre sobe no palco e se coloca entre nós dois. Então, o rosto confeitado olha para Sarah, depois para mim, atendo-se alguns segundos em cada um. Quando se vira para a frente, Biscoito coloca as duas mãos ao redor da cabeça de sua fantasia, ao mesmo tempo em que outra voz, dessa vez grave e suave, se espalha por todo o espaço.

— Muito prazer, eu sou Mary Mead.

A pessoa ao nosso lado puxa a cabeça para cima, tirando a parte superior da espuma da fantasia.

"Eu sou Mary Mead" em letras cursivas preenche toda a Times Square, enquanto Oliver joga a cabeça de biscoito longe.

Aplausos se misturam ao som de gritos e outras expressões variadas de choque, alegria, surpresa e incredulidade.

Depois que Sarah e eu ajudamos Oliver a tirar o resto da fantasia, revelamos seu traje elegante — um paletó e uma calça cobertos por páginas de livros que não preciso me esforçar pra concluir que são de *A Escápula de Tobias*. Eu me viro para observar a plateia, a tempo de vê-la se tornando mais e mais barulhenta, até todos se juntarem em uma salva eufórica de aplausos.

Me assusto quando Oliver pega em minha mão e faz o mesmo com a de Sarah. Sorrindo, ele levanta nossos braços, e a euforia do público aumenta quando abaixamos nossos troncos, em uma reverência, como se estivéssemos no fim de uma peça de teatro.

Um dos homens de terno marrom lhe entrega um microfone e, antes de falar, Oliver bate levemente com o dedo na parte superior para se certificar de que está ligado.

— Olá, Nova York, e olá, leitores ao redor do mundo!

— A voz dele ocupa o mesmo espaço que a voz artificial de Mary Mead ocupara agora há pouco e ele precisa esperar até que haja silêncio suficiente para ser ouvido. — Espero que tenham gostado do pequeno espetáculo que planejei por anos. Foi difícil chegar à conclusão de quando seria o melhor momento para revelar minha identidade, mas acho que já aproveitei de todos os benefícios da vida anônima por um bom tempo. — Olho para minha direita e vejo o rosto de Sam Sherman, furioso com todos os celulares e seus planos de internet com conexões rápidas que já devem estar espalhando a notícia para o mundo todo. — Não se preocupem, tenho mais alguns espetáculos na manga, então essa não é, nem de longe, a última vez que nos encontraremos. Gostaria de poder celebrar essa nova fase da minha vida e da minha carreira com vocês, mas tenho mais alguns prêmios para entregar para esses dois jovens brilhantes, então aproveitem os biscoitos de gengibre, os panetones e os drinks que preparei para vocês se lembrarem dessa noite. Tenham todos um Natal misterioso!

Oliver joga o microfone no chão, sem se preocupar com o ruído estridente que todos ouvimos. Ele segura nossas mãos novamente e, quando me dou conta, os homens de terno marrom, que não estão servindo as pessoas com doces e bebidas, já formaram outro corredor. Dessa vez, o cordão humano liga o palco à rua, mais precisamente a um carro cor-de-rosa, que já nos aguarda com a porta aberta. Conforme Oliver nos guia pelo trecho até o carro, uma multidão se aglomera ao redor do corredor e ele acena, sorridente, para todos, então decido fazer o mesmo e até consigo ver Sarah direcionando um sorriso ou outro para as centenas de câmeras que registram nossa caminhada.

A motorista pega todos os atalhos possíveis para despistar os fãs e curiosos, atingindo velocidades que eu nem sabia que um carro era capaz de atingir. No banco de trás, afivelamos os cintos e tentamos nos equilibrar, enquanto uma crise de riso provocada pela adrenalina toma conta de nós três.

O carro nos deixa em um hotel que reconheço de alguns filmes que assisti e deixo meu queixo cair quando, ao entrar no saguão, leio as palavras *Four Seasons*.

Um funcionário do hotel nos recebe e começa a conversar com Oliver e a mulher que dirigia o carro, então Sarah se aproxima de mim.

— Esse é, tipo, um dos hotéis mais chiques da cidade — garante ela.

— Espero que eu não quebre nada, então — brinco, embora, no fundo, esteja falando muito, *muito* sério.

As poucas pessoas que aguardam nas poltronas do saguão alternam seus olhares entre as telas de seus celulares e computadores e a imagem nada discreta de Oliver com seu paletó literário.

Somos guiados para os elevadores e descemos no último andar. Quando as portas do quarto se abrem, uma mobília minimalista em tons de bege e alguns vasos de flores se tornam meros ornamentos quando vejo, na outra extremidade do quarto, a vista hipnotizante da noite luminosa da cidade.

— Bem-vindos à cobertura mais cara de Nova York! — A mulher que nos guiou até aqui abre os braços.

— Ah, pessoal, essa é Ângela, a verdadeira assessora de Mary Mead — diz Oliver, seguido por uma leve risada, mesmo que seja um pouco estranho ver ele se referindo ao seu pseudônimo na terceira pessoa. — Ela também é minha ex-namorada, mas isso a gente pode deixar pra lá!

— Fui eu que conversei com vocês nos e-mails, me passando pelo Oliver enquanto ele preparava esse pequeno desafio para vocês — explica Ângela, que usa um vestido cor-de-rosa da mesma tonalidade do carro. Ela anda por alguns dos espaços, nos mostrando o piano de cauda, as estantes de livros e a mesa de madeira com um jogo de xadrez que com certeza ganharia de mim em um concurso de beleza. — Vocês vão ter tempo suficiente para explorar o quarto. Tem roupas extras e tudo que vocês podem precisar nos quartos de cada um. Vocês merecem uma boa noite de descanso depois de tanto trabalho, mas, acho que antes...

— Precisamos conversar sobre algumas coisinhas — completa Oliver, esfregando uma mão na outra. Ele tira o blazer de seu paletó, ficando apenas com uma regata branca justa.

Ângela nos guia até outra parte do quarto, onde alguns sofás de aparência confortável, uma árvore de Natal que chega até o teto e bandejas forradas de comidas nos esperam.

— Não precisam se fazer de finos, não! Vocês devem estar famintos!

Antes que Oliver termine a frase, minhas duas mãos já estão ocupadas com quiche de alho-poró e uma taça do espumante mais gostoso que já provei. Vejo Sarah devorando uma fatia de pizza, e Oliver e Ângela se juntando a nós no sofá.

— Eu sei, eu menti pra vocês. — Oliver espera estarmos satisfeitos para iniciar a conversa. — Prometi que o grande prêmio seria me conhecer e descobrir minha identidade, mas vocês já podem imaginar que rolou uma pequena mudança de rota no meio do caminho.

— Você já sabia sobre Sam Sherman? — pergunta Sarah.

— Eu realmente duvidei que alguém fosse tentar se aproveitar de vocês dessa forma — afirma Oliver.

— Mas eu, não! — Ângela levanta as sobrancelhas. — Esses anos trabalhando como assessora já me deixaram esperta para esse tipo de coisa, então fiz questão de estar por perto esse tempo todo. Eu estava lá quando ele abordou cada um de vocês no bar do hotel.

— Foi por isso que eu decidi controlar a narrativa de Mary Mead. Se fosse para descobrirem meu segredo, eu mesmo o revelaria, do meu jeito. — Oliver não consegue conter um sorriso, nitidamente orgulhoso de seu mistério mais recente. — Isso se vocês fossem bons o suficiente para solucionar os enigmas, e vocês não me decepcionaram.

— Como vocês conseguiram sair de "oito, quatro" e chegar até a linha azul do metrô da cidade? — pergunta Ângela, dessa vez.

— Nem eu sei — confesso e todos riem.

— Só espero que essa tenha sido a última vez que vocês seguiram um cara estranho de terno marrom pelo metrô! — Oliver nos direciona um olhar severo exagerado. — Quando encontrei vocês na sessão do filme, tive quase certeza de que vocês falhariam, mas meus detetives favoritos nunca decepcionam!

Oliver levanta a taça e todos brindamos.

— E por que não vamos aos prêmios de verdade? — Ângela se vira para Oliver.

Ele sorri e respira fundo.

— Bom, já que eu não teria como entregar o prêmio prometido para vocês, pensei em algo que fosse bom o suficiente para que vocês não pensem em me processar, já que eu devo ter infringido umas vinte leis por mudar o prêmio ao final do concurso. — Nós rimos e Oliver faz uma nova pausa, criando mais expectativa. — Eu precisava de pessoas com habilidades excepcionais para enigmas, não só pra provar que eu era um bom escritor de livros de mistério e charadas e alimentar meu ego, mas porque eu não aguentava mais esperar para viver meu sonho do jeito que eu queira.

Contraio as sobrancelhas e vejo que Sarah também está completamente concentrada em suas palavras, então apoio o queixo em minhas mãos, o que me aproxima um pouco de Oliver.

— Foi inspirador saber como Sarah decidiu perseguir a vontade dela de fazer arte através da moda e viver o amor do jeito que ela queria. — Assim que ele termina de falar, tanto eu quanto Sarah deixamos clara nossa confusão. Tento adivinhar como ele sabe disso, então Ângela pisca com o olho esquerdo para nós dois.

— Eu era a escultura de leão — garante ela, com firmeza, e cai na risada quando vê o espanto em nosso rosto. — Mentira, eu estava atrás de vocês, na escadaria da biblioteca!

— E você era o cara deitado na mesa no computador ao lado do nosso — deduz Sarah, e Ângela confirma.

— Da mesma forma — retoma Oliver —, foi incrível saber que o Matheus também escreve histórias de mistério e estou extremamente chateado que... — Ele finge olhar para um relógio imaginário em seu pulso. — Já se passaram quase vinte e quatro horas e nada de um certo manuscrito chegar à minha caixa de entrada.

Eu rio, mas logo meu rosto volta a ficar sério quando me lembro de nossa conversa na saída do teatro e começo a ter uma ideia de onde Oliver quer chegar com tudo isso.

— Acho que já ganhei dinheiro o suficiente e já vivi o que eu queria viver no anonimato — afirma ele.

— Com isso, ele quer dizer que já foi às melhores baladas da cidade e beijou Nova York inteira sem sair nos jornais por causa disso — completa Ângela.

— Até parece! — Oliver não contém a risada. — O importante é que chegou a hora de realizar meu maior sonho e voltar pros palcos. Poder produzir minhas próprias peças é um meio para fazer o mundo todo descobrir que um brasileiro pode escrever e estrelar peças e musicais tão incríveis quanto essas papagaiadas que eles fazem aqui.

Continuamos em silêncio, tentando ligar os pontos desse novo enigma, mas a solução mais provável é tão inacreditável que parece errada.

— Apesar de sempre sonhar com isso, nunca produzi uma peça antes e sei que um dos elementos cruciais em qualquer espetáculos é o figurino. — Ele se vira para Sarah. — Eu adoraria ter uma estilista londrina que pudesse criar esses figurinos!

— Eu sou só uma estudante, por enquanto — aponta Sarah.

— Você tem bom gosto e uma vontade genuína de fazer

isso. Pra mim, está ótimo! — Sarah pensa por poucos segundos, então Oliver emenda: — Garanto que vou pagar o suficiente para bancar sua faculdade inteira.

Ela sorri e vejo seu rosto ficando vermelho enquanto balança a cabeça, concordando.

Mas... — Ele levanta o dedo indicador. — Eu não quero ter que deixar Mary Mead de lado para isso. Mary Mead é, antes de tudo, uma personagem, uma mulher que eu inventei para esconder minha identidade e que praticamente ganhou vida própria, tornando-se muito maior do que eu mesmo. Pretendo continuar publicando livros usando o nome dela, mesmo que todos já conheçam minha identidade, mas o ritmo de ensaios e apresentações vai ser um tanto puxado, então... — Dessa vez, ele se vira para mim. — Acho que não faz mal pedir uma ajudinha. Sei lá, alguém com uma boa memória fotográfica que pudesse escrever em parceria comigo.

— Então... — Meu coração acelera instantaneamente e meu cérebro leva um tempo até processar o convite que acabei de receber. — Eu não vou só escrever com "a minha escritora favorita", mas eu vou *ser* a minha escritora favorita? Colocar isso em palavras torna tudo ainda mais surreal.

— Isso, mas tem uma condição! — Ele ajeita a postura e pigarreia duas vezes antes de continuar. — Você vai ter que virar o maior fã de musicais que o mundo já conheceu.

***

Quando Ângela me mostra onde fica minha cama, em um dos quartos dentro da cobertura, descubro que todos os meus pertences foram trazidos para cá.

Meu primeiro reflexo, assim que fico sozinho, é vasculhar minha mala para garantir que o caderno azul ainda esteja lá.

Assim que sinto a textura de sua capa, o tiro da mala e o coloco sobre a cama. Não conseguindo controlar mais o impulso dos meus músculos, me jogo no colchão logo depois, deixando meu corpo descansar por algum tempo e se recuperar minimamente de todo o esforço de hoje. Quando me apoio em meus cotovelos e começo a folhear o caderno, dou de cara com todo o planejamento, os horários, endereços, as anotações, recomendações e descrições de cada passo que eu deveria dar pela cidade.

Uma risada quase irônica se forma em minha boca quando penso que não fiz absolutamente nada do que me programei para fazer. Se eu soubesse disso dias atrás, com certeza ia pensar que, ao me dar conta disso, entraria em estado de choque ou na pior das crises de ansiedade.

Mas eu não poderia estar me sentindo melhor.

Na cama confortável do quarto, meu corpo parece leve como não esteve em muito tempo, então aproveito para deixar que minha mente não se agarre a nenhum pensamento por um momento. Deixo as ideias passarem pela minha cabeça e se dissolverem com a mesma velocidade com a qual elas se formaram. Encaro o teto claro do quarto e fecho os olhos.

Quando duas batidas na porta ecoam pelo quarto, me assusto e só não caio da cama porque ela é grande demais para isso.

— Tá dormindo? — pergunta Oliver, assim que abro a porta e o encontro vestindo um pijama roxo de bolinhas azuis.

— Agora não estou mais, né? — Provoco, mesmo que eu não estivesse de fato dormindo.

— Beleza, eu volto amanhã! — Diz, com um gesto exagerado. Ele finge que vai se afastar, mas eu o impeço a tempo.

— Aconteceu alguma coisa? — Pergunto.
— Na verdade, sim. — Ele olha por cima do meu ombro. — Posso?

Deixo Oliver entrar no quarto, e nós dois nos sentamos na cama.

— Você sabe que, mesmo no Brasil, sua vida vai ser bem diferente, né? — Ele olha diretamente em meus olhos.

— Eu... — percebo que não tinha pensado nisso, até então.

— Consigo imaginar, mas se eu disser que sei exatamente como ela vai ser, vou estar mentindo.

— Sei como é, até porque eu também não faço a menor ideia de como vai ser daqui para a frente. Ainda não sei como é ser famoso, não! — Ele da uma risada um tanto nervosa. — Mas acho que a gente vai descobrir juntos.

Enquanto ele fala, talvez por um pouco de interferência do efeito do espumante, me distraio percebendo como sua voz, que eu já sabia que era suave, quando projetada em um ambiente fechado como um quarto, se torna ainda mais agradável. Poderia ouvir Oliver falando qualquer coisa o dia inteiro.

— Acho que é a nossa única opção, né? — Acrescento, quando percebo que já demorei muito tempo e ele espera que eu responda alguma coisa. — Aproveitando que você tá aqui... Naquele dia, no teatro — digo, e Oliver levanta as sobrancelhas, prestando atenção. — Você me disse que Mary não era a pessoa mais fácil de se lidar. O que você quis dizer com isso?

— Ah, é complicado... — Ele esfrega uma mão na outra, pensando na melhor resposta. — Mary Mead se tornou praticamente uma entidade com uma vida própria separada de mim. Quando o assunto é planejar livros, enigmas, divulgações e edições, minha cabeça parece entrar em profusão com a quantidade de ideias. Eu sempre fico um pouco ansioso e inseguro quando lido com coisas do trabalho, por isso eu disse aquilo.

— Acho que vou poder te ajudar bastante com tudo isso, então. Organizar suas ideias, coisas do tipo — concluo.

— É... — Oliver parece olhar no fundo dos meus olhos. — Que bom que eu tenho você agora.

Mesmo que o silêncio volte a preencher o quarto, ouço as batidas do meu coração quase querendo rasgar a pele do meu peito.

— Era isso que você queria me falar?

Oliver continua me observando e, pela primeira vez desde que nos conhecemos, parece tão perdido em pensamentos quanto eu.

— Era — diz ele, embora pareça duvidar de sua própria resposta.

Quando desfaz o contato visual comigo, se levanta e arrasta as pantufas de dinossauro até a porta. Eu o acompanho e ele se vira quando chega ao batente.

— Boa noite, Matheus. — Oliver sorri. — Obrigado por solucionar meu mistério.

— Boa noite, Oliver. Obrigado por tornar seu beijo o maior deles.

Seu olhar confuso dura apenas alguns segundos, já que logo agarro seu pescoço e o puxo até que seus lábios estejam colados aos meus.

Oliver fecha novamente a porta, e suas mãos envolvem minha cintura, enquanto meu corpo treme, ainda sem acreditar na coragem que tive.

Continuamos nos beijando conforme a noite passa e uma notificação qualquer acende a tela do meu celular e chama minha atenção. Então, quando meu olhar esbarra no relógio, percebo que é meia-noite, o que quer dizer que estamos na véspera de Natal. Volto a olhar para o rosto de Oliver, que claramente espera pelo próximo beijo, e tenho a certeza de que esse vai ser um Natal completamente diferente da noite natalina que eu havia planejado.

E eu não poderia estar mais animado para isso.

A neve volta a cair do lado de fora, mas o abraço no qual Oliver me envolve é o suficiente para me aquecer.

BISCOITOS DE GENGIBRE NATALINOS

Uma receita clássica de Natal superfácil para fazer durante todo o mês de dezembro e perfeita para presentear o crush!

SEPARANDO OS INGREDIENTES:

- 125 g de manteiga sem sal
- 400 g de farinha de trigo
- 100 g de açúcar mascavo
- 1 ovo
- ½ colher de chá de gengibre em pó
- ¼ de colher de chá de canela em pó
- 100 g de chocolate branco

PREPARANDO O MELHOR BISCOITO NATALINO DA SUA VIDA:

- Misture o açúcar e a manteiga até virar um creminho. Acrescente os outros ingredientes até virar uma massa que desgruda facilmente dos dedos. Embrulhe em papel manteiga e leve à geladeira por, pelo menos, uma hora.

- Enquanto isso, você pode assistir ao episódio especial de Natal de alguma série, porque eles são os melhores! Um dos meus favoritos é *O Natal de Charlie Brown*!

- Depois de achar o Snoopy uma gracinha, abra a massa com um rolo, use um cortador de biscoitos para fazer os biscoitinhos, coloque em uma assadeira forrada com papel manteiga e leve ao forno por quinze minutos a 180°. Depois de frios, cubra os biscoitos com chocolate branco (você pode usar uma manga de confeitar para fazer detalhes bem delicados e fofinhos!).

TE ENCONTRO NO NATAL[1]

---

[1] Este conto se passa em 2020, durante o isolamento social e antes de aprovarem as vacinas para a covid-19. [N.A.]

"You know that my train could take you home
Anywhere else is hollow
I'm begging for you to take my hand
Wreck my plans, that's my man"

Willow – Taylor Swift

*I*luminados apenas pela luz amarela dos pisca-piscas pendurados pela escada branca, eles se aproximam e, depois de alguns segundos de expectativa, beijam-se, entrelaçando os braços por cima dos casacos pesados e dos cachecóis vermelhos.

É possível ver a neve caindo do lado de fora da casa conforme os créditos finais ocupam a tela, e a Netflix já tenta me empurrar outro filme de Natal com um casal sorridente no pôster.

— Eu não acredito que ela ficou com o Richard no final! — Vinda do meu celular, a voz de Gabi preenche a sala.

— Oxe... Era óbvio! — digo, desligando a TV e jogando o controle longe. — O Fred era definitivamente abusivo demais!

— Só queria saber o que aconteceu com o Larry...

— Larry? — Pergunto, enquanto minha mente recapitula todo o filme em busca de um personagem com esse nome.

— O gatinho laranja, Arthur! O único do elenco que não era forçado e tinha expressões faciais convincentes. Se existisse um Oscar de gatinhos, ele com certeza ganharia. — Na tela estreita, vejo Gabi lixando as unhas com seu moletom natalino. — Acho que vou fazer outro *chai latte* pra me esquentar...

— Qual é a temperatura por aí?

— Temperatura de congelador que acabou de sair da caixa e está com potência máxima! Peraí, deixa eu ver... — Ela desliza o dedo pela tela do próprio celular. — Um abaixo de zero. Deveriam ter colocado um seguro contra congelamento no contrato de *au pair*.

— Ou um suprimento vitalício de chás! Esse é o quinto desde que a gente começou o filme.

Ela ri, virando a caneca de boneco de neve para tomar o último gole. Espio pela janela e, quando vejo o sol fritar o chão do quintal de casa, não consigo deixar de invejar um pouco a realidade de Gabi, já que a temperatura de Chicago é ideal para aproveitar as tradições da melhor época do ano — e deixar o *feed* do Instagram lindíssimo.

— Sinto sua falta — digo, me lembrando de nossa última noite no karaokê, antes de sua viagem.

— Sente nada! — Gabi revira os olhos. — Agora, você tem o Felipe!

Ainda que ela continue distraída com um pacote de saquinhos de chá tamanho família, tento esconder minha cara de espanto. Repasso mentalmente nossas conversas nos últimos dias e não consigo me lembrar, exatamente, de ter mencionado o Felipe em algum momento. Estou tentando ser cauteloso ao máximo e manter tudo em segredo até ter algo concreto para contar (diferente do que eu fiz em todas as últimas paixõezinhas), mas, aparentemente, não fui tão cuidadoso assim.

— Felipe? Que Felipe? — Tento fazer meu desentendimento parecer convincente, mas minha voz falha.

Olhando pela câmera, Gabi alterna bruscamente de sua expressão relaxada para uma incrédula.

— Sério? — Ela revira os olhos. — Ele é sempre a primeira pessoa a curtir e comentar nas suas fotos. Às vezes, vocês postam que estão ouvindo a mesma música da Tereza Winter nos stories, e do absoluto nada, você começou a usar umas expressões estranhíssimas, tipo "choquei" e "close errado", que você deve ter aprendido com ele e que, por sinal, me irritam bastante.

— Uau... — Percebo que prendi o ar durante toda a fala de Gabi. — Você é boa nisso.

— É meu ascendente em Touro! — Ela pisca.

— A mesma música nos stories... Você tá seguindo ele?

— Óbvio! Ele precisa da aprovação da melhor amiga antes de aprontar qualquer coisa com o meu neném. — Ela aponta para mim. — Mas, e aí? Quero detalhes, Arthur! Detalhes!

— Os detalhes são os mesmos de sempre. Ele me viu marcado na foto de alguém, me achou bonitinho e começou a me seguir. Respondeu a alguns stories até chegarmos na fase... — Faço as aspas com as mãos. — "Conversar por aqui é ruim, pode me passar seu WhatsApp?"

— Típico. — Gabi continua séria, como uma jurada analisando um caso em um julgamento. — E o que mais?

— Mais nada, ué?! A gente começou a conversar sobre marcar um primeiro encontro, mas veio a pandemia e estragou tudo.

— Droga de pandemia. — Nas últimas semanas, Gabi tem dito essa frase mais vezes do que qualquer outra.

— Pelo menos, continuamos nos falando todos os dias.

— Homens... Sempre tão pouco criativos! — O relógio em seu pulso apita. — Preciso me mexer! — Ela coloca o celular apoiado em algum lugar, afasta-se e começa a dançar, mesmo sem nenhuma música. — Ele me avisa quando eu fico muito tempo parada. Mas então tá explicado por que você está demorando tanto para me responder. — Sua voz soa engraçada por conta dos movimentos bruscos. — Já que vocês não podem se ver, por que não fazem um Natal só de vocês?

— Como assim?

— Igual a um encontro normal, só que virtualmente. Vocês ligam uma chamada de vídeo, ele prepara alguma coisinha especial pra comer, você prepara alguma coisinha especial pra comer, meia luz, horas de conversinha, frases bregas e pronto! — Seu relógio apita novamente e ela para no meio de um passo de dança recém-inventado. — Vai ser o melhor date natalino à distância da vida de vocês!

Seu rosto avermelhado e, agora, sorridente, se aproxima da tela.

— Eu não falo frases bregas em encontros e, de qualquer forma, ele não vai topar — digo, rindo. — A gente nunca conversou por ligação, muito menos em vídeo. Vai ser meio estranho...

— Você precisa arriscar coisas novas se quiser novos resultados. A sua vida amorosa nunca foi lá essas coisas.

— Nossa, obrigado... Eu acho!

Nós rimos juntos e desligamos.

***

Quando aperto "Enviar", parece que acionei o temporizador de uma bomba que, ao explodir, pode estragar nossa relação virtual, construída nos últimos nove meses. Jogo o celular na cama e saio correndo para me trancar no banheiro. No espelho, fico observando algumas gotas de suor que começam a escorrer pela minha testa, por conta do nervosismo.

Felipe é bem diferente dos outros caras com quem eu já conversei. É claro que está todo mundo tentando se adaptar a esse "novo normal" (eu *odeio* essa expressão!), mas ele é menos ansioso do que os outros e gosta de que tudo aconteça com calma, no tempo certo, sem afobação. Ele é supermaduro, responsável e reservado com as informações pessoais. Gosta de conhecer bastante o cara com quem está conversando antes de sair com ele porque, num desses encontros, quase foi arrastado para uma seita de jovens canibais.

    Que ideia idiota! Ele vai me achar infantil e bobo, justo quando tudo parecia estar indo tão bem.

    Ok, talvez não tão infantil e bobo quanto se soubesse que eu vim esconder minha vergonha no banheiro e que estou me encarando no espelho que nem um personagem dramático e sentimental de filme *indie*.

    Será que ele já respondeu?, penso até a dúvida se tornar insuportável e começar a mover meu corpo por conta própria.

    Lavo o rosto, volto para o quarto e toco na tela do celular para descobrir que não tenho nenhuma nova notificação, até porque se passaram apenas três minutos desde que enviei a mensagem.

    — ARTHUR! — A típica voz aflita de Manu vem do andar de baixo, viajando por ondas sonoras estridentes do seu quarto em direção ao meu. — VEM CÁÁÁÁ!

    Não consigo evitar uma última espiada na tela antes de sair correndo escada abaixo.

    — O que aconteceu? — Entro no quarto, ofegante, e me deparo com Manu e meu pai jogados na cama.

    — Eu não sei configurar... — Ela aponta para o tablet que ela segura com suas mãos pequenas. Perto dos dedos tão delicados, o aparelho parece uma tela de cinema.

    — Esse não era pra ser o seu presente de Natal? — pergunto, olhando confuso para o meu pai. — Não era pra abrir só depois da ceia?

— Ah... Eu achei que não teria problema se ela abrisse antes da hora. Ela já sabia o que era mesmo, então não quis que ficasse ansiosa. — Meu pai continua olhando para o tablet enquanto fala comigo. — Não estamos conseguindo configurar a conta dela para baixar os aplicativos. Consegue resolver?

— E por que vocês acham que eu sei? Eu nem tenho um tablet.

— Ué? Você não é o espertão da tecnologia? — Manu gesticula, exagerada.

— Eu nunca disse isso.

— Seu papel como irmão mais velho é dar esse tipo de apoio à sua irmã, lembra? — diz meu pai, virando-se para mim.

— Foi mal, não sabia que o contrato de irmão mais velho incluía suporte técnico de aparelhos que eu nem sei mexer!

Ignorando o que eu havia acabado de dizer, meu pai estende o tablet para mim. Respiro fundo, reviro os olhos e dou uma olhada na tela, onde a janela de login avisa que o e-mail ou a senha estão incorretos.

— Você escreveu o e-mail errado. Sousa é com "s". — Corrijo o início do e-mail para "manuzinhasousa2014" e devolvo o tablet para ela.

— Viu só? Não custou nada tentar! — Meu pai dá dois tapinhas em meu ombro conforme sai do quarto.

— De nada... — digo para Manu, que já está entretida demais com o brinquedinho novo para me agradecer.

Subo as escadas às pressas pensando se já deu tempo suficiente para Felipe ler e responder. Quando pego meu celular novamente, descubro que recebi vinte e cinco novas mensagens nos últimos minutos. Meu coração dispara.

Vinte e cinco mensagens?

Com certeza estraguei tudo! Ele deve ter escrito um texto tão grande me dispensando que teve que dividir as mensagens e, agora, pensa que eu sou um maníaco que quer fazer uma chamada de vídeo para saber como é a casa dele e invadi-la em uma sexta-feira 13, de lua cheia, usando uma máscara de castor demoníaco com dentes...

    Ah... Ok.

    São vinte e quatro mensagens de Gabi mostrando as roupas novas que ela comprou e só uma do Felipe.

> Tá bom. Eu topo! :)

***

    — Ficou bom assim? — Continuo pendurando os pisca-piscas na parede do meu quarto, onde, até meia hora atrás, só haviam pôsteres da última turnê da Tereza Winter.

    — Mais pra esquerda! — Dessa vez a voz de Gabi vem do meu notebook. A tela se divide entre a chamada de vídeo com ela e as referências de quartos natalinos que reunimos no nosso mural do Pinterest. — EU DISSE ESQUERDA, ARTHUR! ESQUERDA!

    — A sua ou a minha? — Tento me virar na direção da webcam, mas o banquinho onde subi balança o suficiente para me assustar. — Enfim, vai ficar aqui mesmo. — Grudo a fileira de luzinhas com um adesivo na parede, torcendo para que consiga descolar sem tirar a tinta. Desço do banquinho e me afasto um pouco.

    — É... — Consigo ver Gabi deixando a cabeça pender para o lado e franzindo as sobrancelhas. — Até que ficou bom. — Seu sorriso amarelo denuncia sua verdadeira opinião.

    — Não consigo fazer muito melhor do que isso em pouco tempo.

— Ele vai gostar. Eu só colocaria um gorrinho de Papai Noel no sr. Bigodes, pra ele ficar bem natalino. — Ela aponta e minha atenção se volta para o tigre de pelúcia encostado na parede.

— Droga, esqueci! — Jogo o tigre que tenho desde pequeno para o outro lado do quarto. Ele cai em cima da minha cama, onde a câmera não alcança. — Pronto.

— Arrasou! Já escolheu o look?

— Já! — Me apoio na escrivaninha, repassando a lista de tarefas. — Passei a camisa verde-escuro e deixei pendurada na porta do guarda-roupa. Lavei aquele prato de cerâmica mais chique e vou aproveitar o estrogonofe de frango que sobrou de ontem. Só estou em dúvida se tomar refrigerante em uma taça vai ser muito forçado.

— Se for de uva, você pode fingir que é vinho... — diz em voz alta, enquanto pensa por um instante. — Vinho com gás.

— Ok, vou usar um copo mesmo. Espero que dê tudo certo.

— Relaxa, Arthur! Você está um gato, e eu estou orgulhosa por você, finalmente, estar se abrindo para conhecer outros caras. Ele vai adorar o date!

***

Trinta minutos depois, ligo as luzes na tomada, assim como o abajur que coloquei numa posição estratégica na escrivaninha para que ilumine meu rosto, mas ainda deixe o quarto com uma aparência aconchegante.

Envio para o Felipe o link da sala que criei no *Zoom* e ele responde:

> Blz!

> Não sei se eu deveria dizer isso, mas acho que tô um pouco nervoso kkk

> somos dois! hehe

> Não sei se eu deveria dizer isso, mas esse é meu primeiro date virtual natalino!

> Um inexperiente! :O Bloqueando em 3... 2... 1...

> Zuera! Pode ficar tranquilo, é o meu também ;)

> Eu já volto! Vou pegar um negócio e já abro a sala pra gente.

> Vai lá

Tento descer as escadas da forma que faço em todos os dias, mas minhas pernas parecem ter se transformado naquelas minhoquinhas molengas das lojas de doces e preciso me segurar bem nas paredes para evitar uma queda. Na cozinha, pego o prato no escorredor, assim como o copo e os talheres que separei. Em seguida, abro a geladeira, escaneando todas as prateleiras com os olhos em busca do pote em que guardamos o resto do estrogonofe de ontem. Repito a busca mais duas vezes, sem sucesso, até que me assusto e quase bato a cabeça na parte de cima da geladeira com o barulho de alguém colocando mais um prato na pia, sem delicadeza alguma.

— Ainda bem que sobrou do almoço de ontem, hein? — Meu pai se apoia no mármore e se espreguiça, enquanto eu espio o resto de molho em seu prato. — Estava morrendo de fome, mas com preguiça de cozinhar.

— Você comeu todo o estrogonofe? — Minha voz sai um tanto trêmula, enquanto minha mente só consegue repetir: "Aja normalmente, aja normalmente, aja normalmente".

— E alguma vez eu fui um pai insensível desse jeito? — Ele ri e eu tento imitá-lo. — Com estrogonofe eu sei que não se brinca! Deixei o pote lá na sala. Vou pegar...

— Eu pego! — digo, cortando-o, talvez alto demais para os meus costumes, o que faz os olhos de meu pai se arregalarem.

— Se soubesse que estava com tanta fome assim, teria deixado tudo pra você. — Ele repete os mesmos tapinhas em meus ombros e me encara por alguns segundos. — Tá tudo bem com você, filho? Parece preocupado...

— Tudo certo! — Sorrio, ainda que de forma um tanto tensa. Nunca fui de compartilhar muito da minha vida amorosa com meu pai e realmente não sei como explicar de um jeito não vergonhoso que estou me preparando para um encontro virtual, então decido mentir. — Você sabe como eu levo a ceia de Natal a sério, quero que a Manu tenha uma noite bacana.

— Então pode ficar despreocupado, vai ser uma ótima ceia. — Ele boceja mais uma vez. — Eu só preciso tirar meu cochilo da tarde antes.

Eu afirmo com a cabeça e, conforme meu pai segue para o quarto dele, vou até a sala. Quando me aproximo da parte do sofá onde eu sei que meu pai costuma fazer as refeições, espero encontrar o pote de plástico jogado pelo estofado branco, mas um rastro com cor de creme de leite e um barulho familiar chamam minha atenção. No tapete felpudo, a língua de Pasta de Amendoim se esforça para dar conta de todo o estrogonofe que, provavelmente, foi derrubado por suas patinhas famintas.

— Amendoim! — Sem olhar na minha direção, ele mia em resposta à minha exclamação e continua balançando o rabinho enquanto se dedica à sua árdua missão de dar conta do almoço farto que ele conquistou.

Tudo bem... É só um estrogonofe!

A cozinha deve estar cheia de pratos perfeitos para encontros natalinos que ficam prontos em cinco minutos. Talvez eu só precise de um pouco de criatividade!

***

Depois de esgotar a minha capacidade criativa para receitas improvisadas, tiro o prato do micro-ondas e equilibro o sanduíche de pão francês com guacamole e almôndegas, que eram pra macarronada de amanhã, mas até lá eu invento uma desculpa ou encontro um substituto, enquanto subo para o quarto. Posiciono a cadeira em frente ao notebook, seguindo as marcas que fiz no chão para ter certeza de que terei o enquadramento ideal. Coloco a camisa limpa e passada, tomo um gole de água e, antes de iniciar a chamada de vídeo, leio as novas mensagens de Gabi que dizem:

> Tô aqui torcendo. Você é maravilhoso e vai arrasar!!!

> Se ele for escroto com você, me avisa que eu e o Pasta de Amendoim vamos usar nossas garras para dar uma lição nesse boy.

> Depois me conta como foi, hein?

Abro a sala virtual e, na "sala de espera", me certifico de que minha imagem na câmera está o mais aceitável possível.

Depois, envio uma mensagem para Felipe, avisando que já estou conectado. Ele responde com "estou entrando" e agora não só minhas pernas, mas meu corpo todo parece ter uma reação imediata a essas duas simples palavras. Tudo treme como se um terremoto estivesse passando e destruindo todos os gays inseguros do Brasil.

Ajeito minha postura e consigo notar meu sorriso trêmulo quando a tela se divide em dois e minha internet, lenta demais, tenta carregar a imagem da câmera de Felipe.

Então, ele aparece.

Os segundos seguintes parecem se estender por minutos. Sou capaz de apreciar lentamente seu cabelo arrumado com cuidado, os olhos dóceis e os pontinhos de barba espalhados por sua pele negra que me levam a um inevitável sorriso. Depois de tanto tempo o vendo apenas por fotos, ter um primeiro vislumbre de sua imagem em movimento, sem qualquer edição ou controle de ângulos, luzes e cores se revela uma experiência única. Vejo sua boca se movendo, mas não ouço nada, até que um ícone abaixo de sua imagem me tira de meu estado de contemplação.

— Acho que seu microfone está desligado.

— Humm... Agora foi? — pergunta ele, e faço um sinal de positivo com o dedão. — Então... Oi!

— Oie! Tudo bem? — Eu aceno com a mão e logo me sinto extremamente idiota por ter feito isso.

— Tudo ótimo! Quer dizer, agora estou um pouco arrependido por não ter me produzido tanto quanto você. — Ele dá o mesmo sorriso contido das fotos e, pela primeira vez, presto atenção no resto da imagem de Felipe.

Quando colocadas lado a lado, noto o contraste entre as imagens de nossas câmeras. Enquanto a minha se parece com uma apresentação de companhia amadora de teatro, com minha camisa verde, as luzes presas à parede e a luminária direcionada a mim, ele parece muito elegante, mas de um jeito extremamente casual e à vontade, como se não tivesse que se esforçar para isso. A camiseta branca simples se ajusta perfeitamente ao seu corpo e, na parte de seu quarto que consigo ver ao fundo, quadros com pôsteres de animações do Tim Burton como *O Estranho Mundo de Jack* e *Frankenweenie*, preenchem uma parede de cimento queimado, tudo iluminado na medida certa.

— Você está ótimo!

— O quê? — Felipe estreita os olhos.

— Eu disse que você está ótimo — repito, confuso, mas sua expressão facial ainda não é exatamente agradável.

— Tá travando muito, não consigo te entender.

Penso em toda a internet que os vários dispositivos da Manu (o que uma garota tão nova faz com tantos aparelhos é algo que eu nunca vou entender) devem estar consumindo e me levanto para arrastar a escrivaninha e a cadeira para mais perto do roteador, estragando completamente o enquadramento planejado.

— Melhorou? — pergunto.

— Um pouco... — Dessa vez é a voz dele que sai como a de um robô do meu computador.

Corro pelo quarto desligando todos os aparelhos que usam a internet de alguma forma e vou até o corredor para virar a antena do roteador na direção do meu quarto. Nem sei se isso faz alguma diferença, mas não custa tentar.

— Agora está bem melhor! — diz Felipe, gentilmente, quando me acomodo novamente. — Quase esqueci de um detalhe importante... — Ele se abaixa e parece procurar algo na mesa à sua frente. — Já que esse é um encontro natalino, decidi usar algo temático. — Felipe coloca um gorrinho de Papai Noel cheio de lantejoulas. — Minha família não é muito natalina, então o único gorrinho que eu tenho é esse do coral de Natal que fui obrigado a participar quando tinha doze anos.

— Eu diria que você nasceu para usar gorrinhos de Papai Noel com lantejoulas. — Rio da forma como o acessório parece pequeno demais para a sua cabeça.

— Vou comprar um para cada dia da semana, então. — Nós dois rimos. — E o que, exatamente, se faz num *date* natalino à distância?

— Bom... — Tento me lembrar exatamente do que Gabi havia dito. — As mesmas coisas que nós faríamos num encontro pessoal, só que em dezembro e sem todas as partes que exigem que as duas pessoas estejam no mesmo lugar.

— Putz, então desperdicei todo o tempo em que fiquei pensando em estratégias para pegar na sua mão pela primeira vez. — Ele cruza os braços e contrai as sobrancelhas. Eu abaixo o rosto, claramente envergonhado. — Eu obviamente pretendia fazer isso da maneira mais natalina possível — acrescenta Felipe, apontando para o gorrinho em sua cabeça.

— Também fiquei chateado quando pensei que não vou poder experimentar, da forma mais natalina possível, um pouco do prato que você escolheu. O que, obviamente, é a maior vantagem em sair para jantar com alguém!

— Então seus interesses natalinos por mim são puramente gastronômicos? — Felipe coloca a mão no peito, fingindo estar decepcionado. — Tsc, tsc... Aliás, o que você preparou para comer?

Vejo ele mexendo no prato à sua frente e consigo identificar um molho um pouco alaranjado e pastoso... Estrogonofe!

Xingo Pasta de Amendoim mentalmente por ter impedido essa coincidência claramente preparada pelo meu cupido natalino pessoal, enquanto penso em uma forma de tornar meu sanduíche improvisado de almôndegas e guacamole mais interessante do que uma junção esquisita daquilo que minha geladeira quase vazia oferecia.

— Olha, eu gosto muito de explorar a culinária alternativa e exótica do sudoeste do...

— ARTHUUUUUUUR!

Os olhos de Felipe, que até então estavam atentos à minha resposta, se arregalam ao mesmo tempo em que os meus.

Droga!

Fico paralisado por alguns segundos, sem saber o que fazer. Os gritos de Manu se repetem sucessivamente, e eu sei que ela vai fazer isso até eu atender.

— Foi mal. — Respiro fundo conforme tento falar entre um ARTHUUUUR e outro. — Acho que escolhi um restaurante barulhento demais para o nosso encontro. Vou ver o que está acontecendo e já volto, tudo bem?

— Sem problemas! — Felipe levanta os ombros.

Desativo minha câmera e desço, furioso, na direção da voz de Manu.

— Nossa, quem morreu? — pergunto, assim que coloco meus pés no tapete da sala.

— A tv! — Ela aponta para o aparelho com a tela ligada, mas sem exibir qualquer imagem. — Eu fui conectar meu tablet, mas a tela ficou toda preta do nada... Acho que eu quebrei. — A voz dela começa a ficar chorosa, então pego o controle e percebo que ela só trocou a exibição da televisão para a entrada HDMI, mas, já que não há nada conectado, não há nada a ser exibido.

— Tem cura? — Ela alterna os olhos lacrimejantes e arregalados entre mim e o aparelho à nossa frente.

— É um caso gravíssimo do vírus HDMI! Vou ter que usar uma senha secreta para resolver, mas você vai ter que me prometer uma coisa. — Ela apenas acena afirmativamente com a cabeça. — Você vai ficar uma hora inteira sem gritar meu nome e, se alguma coisa der errado, você vai tentar resolver sozinha ou chamar o papai. Pode ser?

— Tá bom! Eu prometo! — Ela levanta a mão direita com a palma aberta, como deve ter visto algum personagem de seriado fazer.

Finjo que estou apertando vários dos botões do controle e, só ao final, troco da entrada HDMI para o cabo da televisão.

— Qual é a senha secreta? — pergunta quando lhe devolvo o controle e corro de volta para o andar de cima.

— Se você souber, não vai mais ser secreta! — grito enquanto giro a maçaneta.

Quando entro novamente no meu quarto, consigo ver Felipe deslizando o dedo pelo celular. Seu prato ainda intocado já deve estar frio, mas prometo para mim mesmo que, a partir de agora, nada vai dar errado.

— Foi mal, não queria ter interrompido nosso jantar — digo, assim que ajeito a gola da camisa e volto a ligar a câmera.

— Algum problema? — Ele parece genuinamente preocupado. Que fofo!

— Uma televisão infectada por um vírus perigosíssimo, mas eu consegui dar um jeito.

Felipe ri, mesmo sem entender exatamente.

— Que bom que tinha um futuro médico renomado por perto! — responde, numa expressão séria, apontando para mim.

— Tive que usar toda a experiência obtida na minha

renomada carreira de anos assistindo *Grey's Anatomy* para esse caso, mas foi um sucesso.

— Só falta você usar toda essa experiência pra descobrir a fórmula de uma certa vacina que eu preciso tomar para poder encontrar um menino que conheci pela internet!

A vergonha que me atinge instantaneamente me impede de responder, então apenas sorrio. Percebo que ele começa a comer e decido fazer o mesmo, mas o silêncio que se instala, aos poucos, vai se tornando um tanto constrangedor.

— Já ouviu o álbum novo da Tereza Winter? — Apesar da mistura de almôndega e guacamole em minha boca, tento puxar algum assunto.

— Não consegui até agora. Trabalhando muito na agência, mas acho que vou ouvir mais tarde. — Ele limpa o canto da boca com um guardanapo antes de perguntar: — O que você achou daquele clipe dela com o panda num castelo de... — Felipe interrompe o novo percurso do garfo até sua boca e percebo que ele olha para um ponto fixo na tela. — É... — Ele entorta um pouco o pescoço. — Acho que suas luzinhas de Natal ganharam vida própria.

Olho para a minha imagem na tela do computador e, de fato, consigo ver os pisca-piscas se movimentando numa velocidade cada vez maior. Quando viro de costas consigo ver, na região onde a câmera não alcança, Pasta de Amendoim brincando de Tarzan com o fio que liga cada uma das pequenas lâmpadas.

— Sai daí! — grito e me levanto para tirá-lo dali.

O gato se espicha todo e berra quando percebe que estou indo em sua direção. Um pouco antes de eu o alcançar, impossibilitado de sair por conta da porta fechada, ele corre para o outro lado do quarto, mas um pedaço do fio continua emaranhado em sua pata. Como uma cena em câmera lenta, observo quando o felino leva a decoração de Natal improvisada ao chão, como uma chuva de estrelas despencando do céu que, conforme caem, arrancam grandes pedaços da tinta da parede. As luzes que o acompanham continuam um rastro de destruição, derrubando livros da minha prateleira, se enrolando pela pelúcia do Sr. Bigodes e espalhando ainda mais as roupas sujas que estavam amontoadas na beirada da cama.

Quando consegue se desvencilhar do fio, ele pula por toda a minha cama, claramente assustado, mas, quando sobe na cadeira em frente ao notebook, seus olhos felinos se fixam na imagem de Felipe na tela.

— Oi, amiguinho! — Consigo ver Felipe acenando para Pasta de Amendoim. — Ou amiguinha... Nunca sei identificar muito bem.

— É amiguinho! — Coloco o gato um pouco para o lado e nós dois ficamos visíveis na câmera. — O nome dele é Pasta de Amendoim! — Observo o atual desastre que está o fundo de minha imagem na câmera, com toda a bagunça de luzes, livros e roupas sujas ao chão. — Desculpa. Ele deve ter entrado sem eu ver e...

— Tá tudo bem! Pasta de Amendoim... Achei bem fitness! — Felipe ri, enquanto o gato esfrega suas orelhas em minha mão. Eu afago o pelo de sua cabeça e ele acaba se acomodando na escrivaninha, ao lado do prato. — Quem diria que hoje eu teria um jantar natalino com dois gatinhos.

Levo alguns segundos para entender o elogio, até que sinto minhas bochechas ficando vermelhas. Dou mais uma mordida em meu sanduíche, que já está completamente frio e percebo que Felipe já terminou seu prato.

— Me desculpe por tanta confusão... — Tento não deixar

minha voz embargar quando desisto do lanche e desisto da postura comportada. — Eu queria que fosse um primeiro encontro perfeito, depois de a gente passar tanto tempo conversando, mas depois de tudo o que aconteceu é inacreditável que você ainda não tenha desligado e desistido de mim.

— Arthur, você precisa parar de se desculpar por tudo. Eu adorei quando você deu a ideia desse encontro e curti ainda mais quando vi toda a sua dedicação para fazer algo especial. — Ele desvia os olhos de mim por um instante. — Não sei se eu já te disse isso, mas eu não curto muito chamadas de vídeo.

— *Aimeudeus*! Eu fui superinvasivo, né? Sabia que você podia estar se sentindo desconfortável. Era só ter falado, eu não teria...

— Deixa eu terminar! — Felipe ri. — Apesar de não ser muito fã, quando você sugeriu o encontro, achei que seria um jeito legal de me sentir um pouco mais próximo de você, na medida do possível. Eu gosto muito da sua companhia, Arthur. Mesmo que, por enquanto, seja só virtual.

— Eu também. — Respiro aliviado. *Obrigado, Gabi*! — Estarmos em isolamento social continua parecendo uma ideia completamente surreal e bizarra, mas me sinto menos sozinho quando penso em você. Obrigado por me impedir de enlouquecer em meio a tudo isso.

Passamos alguns segundos apenas encarando a imagem um do outro.

— Droga de pandemia! — Felipe repete a frase de Gabi, mesmo sem saber. — Se esse fosse um encontro presencial, eu te beijaria agora mesmo.

— Se esse fosse um encontro presencial, eu te beijaria de volta. — Fico surpreso por pensar em uma resposta tão rapidamente. Talvez a adrenalina esteja se sobrepondo ao meu autojulgamento.

— Já que, aparentemente, encontro por chamada de vídeo não é nosso forte, posso sugerir uma coisa mais simples?

Pasta de Amendoim mia como se estivesse respondendo à pergunta de Felipe e nós compartilhamos uma risada.

— Claro que pode.

***

As pequenas luzes que desisti de pendurar na parede agora estão espalhadas pelo chão e se projetam até o teto. Quando me deito na cama e coloco os fones de ouvido, parece que estou observando um céu estrelado.

Meu celular vibra.

> Dando o play em 3... 2... 1...

> Jáááááá \o/

Os primeiros acordes do novo álbum da Tereza Winter começam a soar e Felipe me envia emojis de um violão e uma dançarina de vestido vermelho. Eu rio e respondo com uma clave de sol e um microfone.

Durante todo o início da noite, ouvimos juntos e comentamos cada uma das novas músicas. Apesar de sentir o cheiro da comida para a ceia ficando pronta na cozinha, me sinto em outro lugar, viajando por um universo de ritmos e melodias, de mãos dadas com alguém especial.

> Adorei que você topou minha ideia! Estava com medo de você me achar infantil e bobo kkk.

> Impossível! Achei a ideia mais fofa do mundo.

> Já está na quinta música?

> "Sad December?" Começou agora, estou curtindo bastante, e você?

> Também! É bem diferente dos outros álbuns, né?

> Uhum! E a maior diferença é que...

> Não importa o que aconteça, sempre que eu ouvir essas músicas, vou me lembrar de você!

Sorrio e fecho os olhos deixando as notas graves do piano preencherem meus pensamentos. Ainda que não estejamos vendo um ao outro consigo me sentir, de alguma forma, mais próximo e conectado com Felipe do que nunca.

CHAI LATTE

✢✢✢✢
Levei vinte e quatro anos para encontrar minha bebida favorita e, agora, estou obcecado por esse chá aconchegante e cheio de especiarias.
Ele é perfeito para acompanhar leituras de contos natalinos e filmes com finais previsíveis!
✢✢✢✢

SEPARANDO OS INGREDIENTES:

- 2 sachês de chá preto (também pode ser de Earl Grey, aquele chá preto inglês com tangerina, fica uma delícia!)
- 250 ml de água
- 250 ml de leite de amêndoas
- ¼ de colher de chá de gengibre em pó
- ½ colher de chá de canela em pó
- ¼ de colher de chá de pimenta da Jamaica (calma! É só o nome, não vai ficar picante)
- ¼ de colher de chá de noz moscada em pó (se conseguir ralar na hora, fica melhor ainda)

PREPARANDO A MELHOR BEBIDA DA SUA VIDA:

✦ Misture o gengibre em pó, a canela, a pimenta da Jamaica e a noz moscada na água e aqueça até surgirem as primeiras bolhas maiores. Cuidado para não se distrair com a Mariah Carey cantando pela décima vez na sua playlist de Natal e deixar a água ferver!

✦ Acrescente os sachês de chá e deixe infusionando por uns dez minutos. Enquanto isso, aqueça o leite de amêndoas (pode ser o de vaca, também, mas acho que esse traz um saborzinho ainda mais especial). Essa receita é suficiente para duas canecas decoradas com bonecos de neve sorridentes, então, depois de tirar os sachês de chá, você pode peneirar metade da quantidade de chá preto com especiarias e metade do leite morno em cada uma delas. Adoce da forma que preferir e se prepare para uma explosão de sabores natalinos.

NATAL SEM VOCÊ

"But if the story's over
Why am I still writting pages?"

Death By a Thousand Cuts – Taylor Swift

A cadeira à minha frente, do outro lado da pequena mesa marrom da cafeteria, está vazia. Apesar do copo de papel com decoração natalina abrigar uma quantidade exorbitante de cafeína e chantilly, não é o suficiente para preencher o vazio que sinto dentro de mim ou cessar a dor que parece percorrer cada célula do meu corpo.

Olho pela parede de vidro e xingo mentalmente as pessoas felizes, empolgadas com o fim de mais um ano e que caminham a passos apressados pela calçada movimentada da Avenida Paulista, como se a felicidade delas fosse o motivo da minha tristeza. O som ambiente é bloqueado pelo meu fone de ouvido, que não toca música nenhuma, apenas me trazem uma falsa sensação de solidão, na qual eu mergulho e me agarro há um mês.

Um longo mês.

O interminável mês de dezembro.

Tomo mais um gole de café e a intensidade do calor que percorre pelo meu corpo não se compara ao arrepio que senti ao ler aquela mensagem. Aquela última mensagem que deveria ter vindo com selo de aviso:

> **CONTEÚDO PERIGOSO:**
> Pode causar feridas internas irremediáveis e graves efeitos colaterais psicológicos!

Ao descer pela minha garganta, a bebida desiste de continuar seu caminho até o estômago, penetra nos meus músculos e invade minhas artérias. O café e o chantilly apostam uma corrida até o coração, criando uma pressão que acaba por explodir o órgão pulsante responsável pela vida. Ele vaza para fora do corpo através dos meus olhos, molhando o guardanapo natalino mais próximo com um líquido salgado e transformando o desenho da bengala de açúcar em uma mancha disforme e cor-de-rosa.

Uma notificação no celular me desperta de minha viagem interior. Desbloqueio o aparelho e noto que agora ele funciona com uma rapidez invejável, já que não precisa mais carregar as milhares de fotos de tardes ensolaradas e viagens pouco planejadas que lotavam seus *gigabytes*.

> Estamos saindo de casa! Vc tem o endereço do seu avô? Não chegue muito tarde.

Suspiro e respondo pela vigésima vez que não vou chegar tarde, mas me recuso a repetir que, sim, tenho o endereço. Mesmo se não o tivesse, seria só procurar em qualquer um dos *Panetones Coelho* espalhados pelos mercados da cidade. O endereço da fábrica da Coelhos Panificações S.A. está na parte de baixo das embalagens, perto dos ingredientes e da validade. Esse é o mesmo endereço onde mora meu avô e onde minha família comemora o Natal, ano após ano.

Jogo o guardanapo molhado no copo vazio e os deixo na lixeira mais próxima. Considero me jogar junto com eles, mas o pouco de sensatez que ainda resta em meu cérebro faz com que eu apenas abra a porta pesada de vidro e deixe que o calor da cidade se misture ao frio condicionado da cafeteria.

Minha playlist chamada "ainda na bad" continua ocupando o topo da lista de últimas reproduções no *Spotify*. O modo aleatório parece saber exatamente a música perfeita para embalar minha caminhada cabisbaixa pela rua.

Mantenho meu destino em mente enquanto tento ignorar os Papais Noéis, os duendes, os comerciantes de rua, as fachadas das lojas, todos os lugares que costumávamos frequentar aos fins de semana e todos os detalhes espalhados pela cidade que são como um chamado tentador para uma nova e longa crise de choro.

Assim que coloco os pés no parque Trianon, desamarro o cordão em meu pescoço e aperto com força o pingente prateado com o símbolo do infinito, que gela minha mão.

O vento balança e bagunça meu cabelo conforme avanço até a ponte que interliga as duas metades do parque e permite uma visão superior da Alameda Santos. Espero até que o grupo de amigos escandalosos de um colégio particular termine de tirar o que parece ser uma centena de fotos e me aproximo da beirada.

Uma rápida olhada para o horizonte não permite que eu veja o fim ou o começo da avenida lá embaixo. As árvores bloqueiam minha visão, como uma imensa cortina de folhas. Olho mais uma vez para o pingente em minhas mãos e enlaço o cordão preto em meus dedos.

Respiro fundo.

Subo meu braço o máximo possível e giro o cordão três vezes, preparado para atirar o colar o mais longe possível, para algum ponto aleatório no asfalto que eu espero que não machuque ninguém, onde o presente de um mês de namoro será deformado e desfragmentado por algum carro veloz e furioso.

Desfragmentado...

A adrenalina borbulha dentro de mim novamente, mas uma estranha força invisível parece vencer minha fúria e impedir o movimento do meu braço. Minha incapacidade em me desfazer do colar se converte em um grito capaz de escancarar minha boca, inclinar minha cabeça para trás e expelir alguns dos estranhos gafanhotos ranzinzas que construíram um ninho de melancolia em meu estômago.

Frustrado, devolvo o colar de volta ao meu bolso e ignoro a senhora de cardigan bege e expressão preocupada que me observa com os olhos arregalados e deixa de lado o cachorro de rabo comprido, que aproveita a distração da dona para lamber o sorvete de sua mão enrugada.

O Natal nunca foi uma data muito importante para mim. Na verdade, nenhum dos feriados que buscam impulsionar o comércio se fantasiando de boas intenções realmente desperta meu interesse. Na minha família, todos eles se resumem a uma visita à casa do meu avô, onde passamos horas sentados à longa mesa de madeira que é, em poucos minutos, forrada por uma quantidade inimaginável de comida, capaz de alimentar nossas próximas quatro gerações. Um aceno de cabeça e uma leve risada forçada são os dois movimentos que eu repito até a hora em que meus pais decidem, finalmente, ir embora, sem antes deixar de agradecer pela "noite incrível e pela "comida deliciosa", em sorrisos tão forçados quanto as minhas risadas. Normalmente, quando essa hora chega, eu estou por um triz de explodir de irritação.

Entretanto, o último Natal foi diferente.

No último Natal, a presença de alguém ao meu lado e a possibilidade de me comunicar através de olhares e gestos mínimos, compartilhar histórias e piadas particulares, fez com que a "noite feliz" fosse, pela primeira vez, realmente feliz.

Se antes do último Natal minha empolgação já não era das mais expressivas, hoje me sinto como se tivesse provado uma mordida do doce mais delicioso do mundo, saboreado seu recheio único e marcante, para depois ter esse doce arrancado impiedosamente de mim, sem qualquer possibilidade de negociação, eternamente proibido de saboreá-lo novamente. Meu desejo de enfrentar uma comemoração da véspera do nascimento de Jesus em uma família nada religiosa, nesse ano, está em um nível abaixo de zero.

Ainda assim, disposto a não decepcionar meus pais, caminho mais um pouco e me obrigo a chamar um Uber até a fantástica fábrica da Coelhos Panificações S.A.

***

Apesar dos últimos vinte anos consecutivos visitando a casa de meu avô, não consigo deixar de me impressionar com os muros gigantescos e os grandes portões adornados, que durante o mês de dezembro recebem luzes coloridas e piscantes. O motorista assobia, igualmente impressionado, e me deixa em frente à guarita da entrada, onde o porteiro pede meu documento, mesmo que já me conheça.

— Regras são regras. — É o que ele me diz todos os anos, e apenas confirmo com a cabeça.

Sou liberado e passo pelo portão. Uma mulher vestindo um terninho azul-escuro, que no ano passado disse se chamar Sônia, aponta para o banco de trás do carrinho de golfe mais próximo. Esse ano ela não me diz nada e sou rapidamente levado para além do galpão da fábrica, cujas chaminés sempre emanam um cheiro delicioso de manteiga e açúcar. Respiro fundo, desejando absorver o cheiro e poder guardá-lo em algum lugar do meu corpo, onde eu pudesse acessar quando quisesse. Olho para o lado. O espaço vazio do banco que ocupo e seu estofado se contorcem até criar uma boca capaz de gritar comigo uma voz aveludada e grave. A voz me lembra de que, nesse ano, não tenho ninguém com quem compartilhar essa sensação.

Depois de alguns minutos, o prédio cinza da fábrica dá lugar à construção branca e imponente onde meu avô mora, sozinho, a não ser pelos doze funcionários que fazem tudo aquilo que ele não quer fazer. Sônia libera a porta de entrada com um cartão e finjo que a acompanho com atenção, embora saiba de cor o caminho até a sala de jantar. Percebo que a decoração desse ano manteve a tradição das cores.

Os convites enviados pelo meu avô sempre indicam a cor escolhida para o Natal daquele ano, que passa a ser utilizada exaustivamente, não só em toda a decoração e na prataria, mas também nas roupas de todos os convidados. Para esse Natal, meu avô escolheu o tema *Blue Christmas,* em homenagem à música de Elvis Presley, e um tom específico de azul — o azul grisáceo — uma mistura de azul com cinza que colore as guirlandas e os adornos dos diversos pinheiros espalhados pela casa.

Da mesma forma que acontece com todos os convidados, meu nome é anunciado por um homem segurando uma prancheta, atraindo a atenção de todos à mesa de jantar para mim e minha camisa azul amassada. A vergonha me obriga a abaixar a cabeça, dessa vez sem nenhuma mão segurando na minha para me dar apoio moral e me acompanhar até minha mãe.

O colar em meu bolso parece pesar uma tonelada. Ela me recebe com um olhar aliviado, enquanto meu pai apenas acena, já que está ocupado demais devorando uma coxa suculenta de frango. Depois, cumprimento os convidados especiais de meu avô (funcionários que provavelmente o bajularam o ano todo para conseguir um convite), meus tios, primos e parentes distantes, até notar meu avô se levantando.

— Veio sozinho esse ano? — Ele abre os braços com seu sorriso persuasivo extremamente branco, e eu tento forjar uma risada tímida antes de receber seu abraço firme, que me inunda com seu característico perfume amadeirado.

Desvencilhamo-nos e tento ir o mais rápido possível para o lugar ao lado de minha mãe, onde um prato me aguarda com um pedaço fumegante de torta de frango.

— Conseguiu fazer aquilo que prometeu? — pergunta ela, quase num sussurro.

Assim que minto e confirmo com a cabeça, incapaz de admitir que havia quebrado a promessa que fiz para minha própria mãe.

Depois de perceber que o presente ainda é motivo para noites maldormidas e crises intermináveis de choro, ela me fez prometer que eu iria me desfazer, de uma vez por todas, do colar que, agora, escondo no bolso.

Assim que ela sorri, orgulhosa, o homem da prancheta anuncia dois nomes que não ouço há anos.

— O senhor Vitor Magalhães e a senhorita Rita Magalhães. — Sua voz grave ecoa pela sala de jantar e a imponência dos pronomes de tratamento logo se desfaz quando observamos o casal de irmãos, de idades próximas à minha, entrando e cumprimentando a todos com soquinhos, acenos e risadas, em posturas confiantes e cheias de atitude, ainda que um pouco desengonçadas.

Quando chega a hora de cumprimentarem meu avô, percebo que o anfitrião da noite observa com reprovação as vestes pretas de seus netos por um longo segundo, antes de abrir o mesmo sorriso de antes. Em vez do abraço que Humberto Coelho lhes oferece, Vitor e Rita optam por toques desajeitados com as mãos.

— Hummm, risoto! — Rita olha faminta para uma das travessas e coloca uma concha cheia de arroz com alho poró em um prato. As garfadas voam até sua boca sem que ela precise se preocupar em se sentar para comer.

— E aí, tia? — Vitor dá um beijo na bochecha de minha mãe, quebrando o silêncio constrangedor que se instalara.

— Quanto tempo, Vitor! Como foi o intercâmbio?

— Queria que não tivesse terminado.

— Eu imagino... Você cresceu, não? — Ela o segura pelo ombro e o analisa de cima a baixo.

— É porque estou tomando muito açaí! — Vitor pisca para ela e segura o braço de sua irmã. — Nós vamos comer na sala, tudo bem? — Eles olham para o meu avô, mas não recebem qualquer resposta, já que Humberto está sussurrando algo no ouvido de Sônia, cujas sobrancelhas denunciam ser algo muito importante.

— Bora! — Rita dá mais uma garfada, enquanto seu irmão também enche um prato de arroz, e segue Vitor pelo corredor de onde vieram há pouco.

— Viu como a Rita está bonita? — pergunta minha mãe na direção do meu pai, que agora tenta descobrir o jeito certo de comer uma ostra.

— Uhum... — murmura ele, ainda encarando a iguaria. Ao seu lado, tia Teresa começa a chorar, cumprindo assim, mais uma das nossas tradições de Natal. Todos os anos, em algum momento do jantar, tia Teresa encontra algum motivo para chorar, com pequenas variações entre soluços contidos e escândalos dignos de um musical da Broadway. Dessa vez, ela parece ter escolhido o meio termo.

— Até que foi cedo esse ano! — sussurra minha mãe para mim, tentando disfarçar o sorriso irônico em seu rosto.

— O que houve, Teresa? — Meu avô se levanta, caminha até ela em seu terno engomado e impecável e começa a acariciar suas costas.

— É o Roger! — diz, entre uma lágrima e outra, referindo-se a um de seus peixes, que morreu há mais de três anos.

— Ainda é muito recente, não? — Do outro lado da mesa, tio Pedro observa a cena balançando a cabeça, compreensivelmente.

— Aceita um pouco de água com açúcar? — Como se já esperasse, e talvez realmente esperasse, o homem da prancheta prontamente lhe estende uma taça. Tia Teresa a leva à boca, mas outro soluço de tristeza faz com que ela espirre a água adocicada para os lados, como um chafariz recém-inaugurado.

— Minha saia! — Ao lado de tia Teresa, tia Giselda se levanta, tentando secar a água que marca o tecido azul. — Precisa de tanto escândalo por causa de um peixe?

— Ele era da família tanto quanto aquele seu gato imundo! — Tia Teresa também se levanta, furiosa.

— Por que não vai ficar um pouco com seus primos? — diz minha mãe, tentando sobrepor sua voz em meio à confusão.

— Acho que não vai perder nada demais aqui... — Ela olha para nossos parentes, agora aflitos, que ainda tentam acalmar tia Teresa e controlar tia Griselda, que começou a acusar Teresa de ter estragado também sua bolsa. — Faz tempo que você não passa um tempo com eles, não é?

Eu concordo com a cabeça e me levanto, ansioso para deixar a cena caótica para trás, mas a vontade de contrariar minha mãe quase fala mais alto. A questão não é que eu não tenha passado muito tempo com meus primos ultimamente. A verdade é que eu *nunca* passei. Tirando a época em que éramos muito pequenos e não tínhamos escolha senão brincarmos juntos nas festas de aniversário para atendermos às exigências e vontades dos adultos, nunca tive qualquer tipo de contato com Vitor ou Rita.

Por isso, não sei exatamente o que dizer quando chego à sala escura, iluminada apenas pela fraca luz azul e artificial da decoração de Natal. Os dois estão esparramados pelo sofá de couro.

Enquanto Rita brinca com o controle remoto que abre e fecha as cortinas, revelando o céu estrelado do lado de fora, Vitor usa um marcador permanente para desenhar alguma coisa em seu pulso.

— Demorou. — Rita olha para mim, ainda alternando os dedos entre um botão e outro do controle.

— Como sabia que eu viria?

— Eu imaginei. Faço muito isso. É Igor, né?

— Isso. — Assinto.

— É um nome interessante. — Ela deixa as cortinas completamente suspensas por alguns segundos, até que começa a apertar freneticamente todos os botões. Rita ri baixinho quando os tecidos pesados que cobrem as janelas enlouquecem. — Tia Teresa já está chorando?

— Acabou de começar — confirmo.

— Ótimo. E você, terminou mesmo?

— Rita! — Vitor lhe direciona um olhar arregalado e repreensivo, mas ela apenas dá de ombros.

— Ué, tá na cara. — Ela me olha pela primeira vez desde a minha chegada e passo a encarar meus pés, em dúvida se ela disse isso como uma simples expressão, ou se realmente a tristeza é visível em minhas olheiras fundas, na pele desidratada e nas recém-conquistadas marcas de expressão.

— Só não precisa ficar falando desse jeito. — Ele faz mais alguns ajustes no desenho e se vira para mim. — Mas, e aí? Não tá mais namorando, mesmo?

— Não — respondo friamente, notando pela primeira vez como é engraçada a forma como nos referimos a um relacionamento, como se fosse uma atividade que precisa ser concluída. Uma etapa e não um fim.

É possível estar casado, noivo, solteiro, mas ninguém nunca está "namorado". O que talvez explique a irritação que sempre surgia dentro de mim todas as vezes em que eu ouvi a famosa pergunta: "ainda está namorando?".

Por que ainda?

Existe alguma lei que diz que eu já deveria estar em outra etapa da vida e ninguém me avisou? Eu só acho que...

— É a vida — diz Vitor, interrompendo meus pensamentos e dá de ombros, então se ajeita no sofá. Ele me encara e, com a mão, dá duas batidas rápidas no lugar ao seu lado.

— O quê?

— É pra você ir lá! Ele provavelmente quer desenhar algo em você... — exclama Rita, impaciente.

Demoro alguns segundos para decidir se devo aceitar seu convite ou não, mas decido não deixar essa situação ainda mais constrangedora.

Assim que afundo no estofado macio, Vitor agarra meu braço com força e levanta a manga direita da minha camisa. Como se estivesse esperando por isso, e talvez realmente estivesse, ele começa a desenhar em meu pulso. O ângulo de seu braço sobre o meu faz com que eu só descubra o desenho escolhido depois que ele termina.

— Ok... O que é isso, exatamente? — pergunto, enquanto ele observa fixamente sua obra de arte mais recente.

— Uma borboleta que achou que fosse morrer, mas acabou se livrando da teia de aranha onde ela se prendeu.

— Então... Eu sou a borboleta?

— Não. — Ele aponta para a tinta em meu pulso. — Você é a teia. Todos nós somos.

— Ah, outra teoria idiota, não! — Rita se levanta e se aproxima da janela. — Por que a gente não vai dar uma olhada no terraço? — Ela joga o controle remoto longe.

— Pode ser, faz tempo que a gente não sobe lá. Sabe o caminho? — Vitor se vira para mim. Eu nego. — Tudo bem.

— Ele se levanta e começa a avançar pelo corredor. — Sei quem sabe.

***

Vitor não precisou usar muito de seu olhar persuasivo para convencer Sônia a nos deixar ir até o terraço. É claro que ela precisou pedir uma autorização formal ao nosso avô, mas o importante é que, assim que o elevador abre suas portas com um sinal eletrônico e colocamos nossos pés no chão escuro, o vento forte e gelado atinge meu rosto, numa falsa sensação de liberdade. Dali de cima, além do galpão da fábrica, conseguimos ver luzes piscantes por toda a região.

— Vocês têm quarenta minutos — diz Sônia, consultando seu relógio, antes de voltar para a entrada da casa.

Como todo o resto da propriedade, o terraço não é apenas um simples terraço, mas um espaço repleto de plantas e esculturas abstratas. Com o rosto iluminado por pequenas lamparinas que se espalham pelo espaço, Vitor corre para perto de uma das obras, uma espécie de aço retorcido pintado de amarelo.

— Tinha uma parecida com essa no jardim da escola. Lembra, Rita? — pergunta ele, o olhar fixo na peça, quase hipnotizado.

— Na verdade, não... Ninguém prestava muita atenção nessas coisas, além da sua turma.

— Para onde vocês foram? — pergunto, tentando puxar pela memória alguma menção ao intercâmbio deles nos últimos jantares de Natal.

— Alemanha — responde Rita, como se fosse tão casual quanto ir à feira da esquina. — Eu fui estudar música, o Vitor, artes plásticas.

— Aposto que isso aqui é uma representação artística da catástrofe que é a globalização capitalista contemporânea — diz Vitor, sem se direcionar exatamente para nós. — Esse ferro central, um pouco encurvado para baixo...

Rita revira os olhos e aponta com a cabeça para o outro lado da área. Começo a tremer um pouco por conta do frio enquanto percorremos alguns metros de plantas abrigadas em vasos adornados, até o beiral de cimento que tem a altura de nossas cinturas e contorna todo o terraço. Me apoio nele, dando uma nova espiada na paisagem. A energia presente em cada casa é palpável no ar, como se a atmosfera também tivesse se preparado para a festa.

— É assim que os gigantes se sentem... — diz ela, olhando para longe, sonhadora.

— E, também, todas as pessoas que têm terraços em casa.

Rita ri.

— Acho que nós nunca conversamos apropriadamente, não é? — continua ela, olhando para a cidade abaixo de nós.

— Não que eu me lembre — afirmo. — Pelo menos não desde que deixamos de frequentar os bufês infantis.

— É verdade... Aquelas festas... — Seu rosto se vira para mim.

— Quando nossos pais nos obrigavam a brincar juntos. — Eu sorrio, tentando não deixar um clima constrangedor com o meu comentário.

— Eu tinha me esquecido delas.

Permanecemos em silêncio, enquanto percebo suas memórias retornando, aos poucos.

— Eu odiava cada segundo delas — acrescenta Rita, me surpreendendo.

— Não eram tão ruins assim, vai? — Apoio meu cotovelo na beirada do parapeito.

— Eram, sim! Eu tinha que usar roupas que eu não queria, sorrir para pessoas que nem se lembravam de que eu existia, brincar com aquelas crianças que nem eram meus amigos de verdade e... — Rita pausa e me olha numa expressão incrédula. — E é isso...

— Isso o quê?

— Esse é o pior efeito colateral da nostalgia. O pior de todos eles!

Rita se vira bruscamente. Seu cabelo ruivo voa na minha direção conforme ela se afasta com uma expressão furiosa. Olho para o outro lado, mas Vitor continua entretido com uma das voltas da escultura de aço.

— Rita, eu...

— É isso que ela faz, percebe? Faz você se lembrar do

passado como se tivesse sido algo bom, quando na verdade não foi! Não foi! — Ela gesticula expansivamente com as mãos enquanto aumenta o tom de voz. — Te faz sentir saudades de algo que não passa de uma ilusão, uma imagem completamente manipulada pela sua própria mente que nunca realmente existiu.

— Desculpa, eu não achei que você fosse...

— E aí, você desiste de tudo e quando chega aonde queria percebe que nada daquilo que você esperava era verdade.

Vejo as lágrimas brotando em seu rosto e então percebo que ela não se refere somente ao nosso tempo de infância. Ela desvia o olhar, seca os olhos com a manga comprida da blusa escura e respira fundo.

Não ouso perguntar ou falar qualquer coisa. Um silêncio tenso se forma entre nós dois, até que Rita se senta ao meu lado, apoiando as costas no beiral.

Penso por um instante, até que me junto a ela. A baixa temperatura do piso só aumenta minha tremedeira. — Aposto que as lembranças que você tem do seu namoro são bem melhores do que ele realmente era.

Não respondo.

Talvez por não querer admitir que ela esteja certa ou por não ter certeza da minha opinião sobre o assunto. Apenas desvio o olhar e é a minha vez de respirar fundo.

— Do que você desistiu, exatamente? — pergunto, e os olhos dela se arregalam. — Foi você quem disse.

— Que saco, minha boca sempre me trai. Sempre! — Seus lábios se contraem. — Eu menti para o nosso pai. Ele acha que eu e o Vitor tiramos notas tão boas que conseguimos concluir o curso antes da hora. Mas a verdade é que eu não aguentava mais viver naquele lugar e a saudade de casa estava se tornando insuportável.

Ela olha para baixo e, depois de algum tempo, acrescenta:

— E da Michele também.

Apenas assinto com a cabeça.

— Voltei para o Brasil por causa dela e ela terminou comigo assim que cheguei. Na verdade, ela já tinha arranjado um namorado àquela altura. Comportado, estudioso, inteligente... Homem! Tudo o que a família dela queria. — Ela volta a se apoiar no beiral. Seu rosto parece saborear novamente o vento frio da noite.

— Rita, você sabe que já está na hora de esquecer isso tudo de uma vez, né? — Somente percebo que Vitor está próximo de nós quando ele se abaixa e coloca as mãos no ombro da irmã. — Eu também queria voltar, já te disse isso um milhão de vezes!

— Eu posso ter acabado com o nosso futuro em nome de uma garota que nem lembrava mais que eu existia. — As lágrimas retornam instantaneamente aos seus olhos e me pergunto se devo deixar os irmãos a sós. Ambos choram e se abraçam com força.

Começo a andar na direção da porta do elevador que nos trouxe até aqui. Antes que eu consiga apertar o botão na parede, algo chama minha atenção.

— Nem pense nisso! — Rita se desvencilha do irmão e corre na minha direção. O rosto inchado denuncia seu choro recente, mas sua voz soa forte e incisiva. — Não pense que eu vou me humilhar sozinha desse jeito. Agora é a sua vez de contar sua história!

Nós nos encaramos por alguns segundos. Percebo que não tenho escapatória, já que Vitor também me observa, ansioso.

Para ganhar tempo e decidir o que exatamente devo contar, caminho até um dos arbustos mais altos do terraço, podado com perfeição, rodeado por pedras claras e aparentemente pesadas. Sento-me próximo a elas e não demora muito para que Vitor e Rita ocupem o espaço vazio à minha frente.

Eles me olham, um pouco preocupados, um pouco ansiosos. Quando percebem que eu simplesmente não faço ideia de por onde começar, Rita toma a iniciativa.

— E então... traição ou término amigável?

— Término amigável? Isso existe? — Vitor ri.

— Já ouvi falar...

— Acho que nenhum dos dois... — acrescento, me espantando com o quão grave minha própria voz sai. — Eu diria que foi um término gradual. — Vitor apoia o queixo no punho fechado. — Sabe, uma distância gradual e crescente que foi surgindo, um pouquinho a cada mês.

— Sei bem! Aquela que a gente só percebe que existe quando já está grande demais — diz Rita, e eu assinto.

— E por que vocês foram se afastando desse jeito? — pergunta Vitor.

— Sei lá... — Sou incapaz de olhar para eles. Abaixo meu rosto, encarando minhas mãos dispostas sobre minha perna, que agora tremem um pouco, talvez pelo nervosismo, talvez pelo frio. — Eu tenho quase certeza de que foi culpa minha...

— A gente sempre acha que a culpa é nossa... Às vezes realmente é, mas você parece ser um cara legal. Deve ser um namorado legal também... — Rita logo arregala os olhos. — Tô falando por falar, hein? Deus me livre me apaixonar por um garoto que ainda por cima é meu primo!

Eu e Vitor rimos.

— Acho que não existe exatamente uma culpa — Vitor acrescenta, assim que recupera o fôlego. — Às vezes a vida muda tanto e num período tão curto de tempo, que duas pessoas que costumavam combinar em tudo passam a parecer dois completos estranhos.

— É... Pode até ser, mas se eu tivesse mudado tanto assim não estaria nesse estado. Parece que tem uma energia agindo sobre mim, me empurrando pra baixo, dizendo o quão inútil e incapaz de manter um simples relacionamento eu sou! — Me levanto, angustiado. Como se essa mesma força guiasse minhas mãos, em um impulso, pego o cordão enrolado em meu bolso e aperto o pingente contra minha mão, sentindo as primeiras lágrimas brotarem.

— Igor... Não vai me dizer que isso é... — Sinto Rita espiando sobre meu ombro.

Respiro fundo, envergonhado da minha fraqueza, até que admito:

— Presente de...

— Um mês de namoro — dizemos ao mesmo tempo.

— Você tá pior do que a gente pensava, cara! — Vitor ri.

— A gente vai colocar um ponto final nisso. — Rita olha, determinada, para a noite natalina à nossa frente.

— Como? — pergunto, e ela prontamente segura na minha mão.

— Confie em mim! Vitor, você ainda sabe aquele número de sapateado irlandês?

***

Trinta minutos depois, estamos correndo pela garagem de meu avô, tentando aproveitar a escuridão da noite para fugirmos dos seguranças, que deveriam estar com suas famílias, mas não podem abrir mão do salário nada justo que meu avô lhes paga.

A chave do carro de Tia Teresa, que Rita pegou de sua bolsa enquanto Vitor distraia a todos com seu show de sapateado, cintila em minha mão, iluminada pela luz do luar. Seu Jaguar preto parece ter sido polido recentemente. Quando aperto o botão no controle acoplado à chave, nos movimentamos com a maior rapidez possível, já que os faróis piscam e podem chamar a atenção dos seguranças. Rita ocupa o banco do motorista e eu o do passageiro, enquanto Vitor se esparrama pelo banco de trás.

— Parque Trianon! — grita ela para o GPS, como se o volume da voz afetasse a inteligência artificial e fizesse o computador entender nosso destino mais rápido. — Péssimo lugar para um primeiro encontro... — Ela balança a cabeça negativamente, e eu rio.

— É melhor do que em um restaurante mexicano! — retruco, já que no caminho até a garagem ela estava contando sobre o desastroso primeiro encontro com a, agora, ex-namorada.

Vitor se esgueira até o banco da frente e liga o rádio bruscamente. Alguma banda de rock alternativo estoura pelos alto falantes enquanto e observo as luzes da rua passando rapidamente pelo vidro da janela. Assim que reconheço a Avenida Paulista, percebo que poucos minutos me separam da conclusão desta fase da minha vida, mesmo que de forma um pouco forçada.

— *E agora, com vocês,* Nosso amor deu certo no Natal*! O grande sucesso do pop nacional deste fim de ano* — anuncia o locutor do rádio, exageradamente empolgado.

Deu certo... Sucesso...

O fato de um relacionamento não durar para sempre faz dele um fracasso? Um relacionamento que dura uma vida inteira é um sucesso? O sucesso de um relacionamento é realmente algo relevante? Enquanto a cantora de voz sintetizada canta o famoso verso *"meu amor, não me jogue fora como se eu fosse uma uva-passa"*, a batida ecoa pelos alto falantes e várias vozes repetem em notas diferentes *"passa passa passa passa"*. Vitor balança a cabeça no banco de trás.

— Uva-passa? — pergunta Rita, achando graça da letra.

— Era justamente esse tipo de coisa que a gente não tinha na Alemanha! — grita Vitor, animado. — Lá, a preocupação com a forma artística é tão grande que eu me sentia completamente travado! Parecia que nada era bom o suficiente. Mas aqui... Já sei! — Um sorriso se forma em seu rosto. — Minha próxima obra vai ser uma uva passa. Já pararam pra pensar no quão sofrida parece ser a vida de uma uva passa?

— Não que eu me lembre... — murmura Rita.

— Ela passou meses sendo cultivada, depois foi considerada parte de um cacho não tão bom e teve que passar semanas sob o sol até ficar completamente desidratada. Tudo isso pra terminar no canto de um prato, completamente rejeitada pela estranha comunidade de pessoas que rejeitam uvas passas e vai para o lixo, junto com restos de alimentos. Entendem que a comparação da cantora com uma uva é uma representação dos seus sentimentos mais profundos. É simplesmente genial! — Ele joga o corpo no banco, exausto depois do discurso.

Penso em algo para responder, enquanto Rita parece concentrada demais no percurso.

— Estamos quase lá... — diz ela, assim que passa por um farol vermelho.

Meu corpo é impulsionado para a frente conforme ela para bruscamente o carro e percebo que estamos em uma rua perpendicular à Avenida Paulista. Vitor é o primeiro a abrir a porta do carro e correr para a rua movimentada, onde um show de Natal de alguma dupla de sertanejo universitário reúne uma multidão.

— Pronto? — Rita olha para mim, desafivelando o cinto.

— Acho que nunca estarei — confesso, um pouco envergonhado.

— Eu também acho. — Ela ri. — Mas é perda de tempo esperar estar completamente pronto pra fazer aquilo que você sabe que tem que fazer.

Assinto e abrimos nossa porta em sincronia. Dessa vez, em vez de tentar ignorar o ambiente à minha volta e me isolar no meu próprio universo, observo as fachadas que se iluminam com pequenas luzes cintilantes. Temos que nos desviar das pessoas extremamente animadas até chegarmos à entrada do Parque. As luzes enroladas nas maiores árvores nos fornecem iluminação suficiente para que encontremos o caminho certo até a ponte.

Sem nenhuma senhora com cachorro ou sorvete, a visão que tenho da Alameda Santos é bem diferente da que tive há algumas horas. Sem a luz do sol para refletir o verde das folhas das árvores, o espaço aberto à minha frente se parece com uma porção do universo. Uma imensidão confusa, sem começo ou fim, beirando o infinito. Mais ou menos como a minha cabeça tem estado nos últimos dias.

— Não precisa fazer nada que não quiser — diz Vitor, enquanto ele e Rita se colocam ao meu lado.

— Eu... quero. — Suspiro. — É, acho que eu quero.

— Não adianta insistir em algo que não existe mais, Igor. — Rita coloca uma mão sobre meu ombro. — Acho que estou dizendo isso mais para mim mesma do que pra você. — Nós rimos. — A gente vai colocar um ponto final em tudo isso. Juntos!

Olho para ela, um pouco confuso, e arregalo os olhos quando ela tira do bolso direito um chaveiro de globo de neve.

— Você não é o único que tem dificuldade para se desapegar de primeiros presentes. — O canto de sua boca chega a se curvar, mas não se torna necessariamente um sorriso.

— Então... — Hesito, pensando exatamente o que dizer.

— A gente joga... E depois?

— Depois vocês estão livres. — Vitor olha para o horizonte, não para nós. — Uva-passas hidratadas novamente, prontas para encontrarem um cacho bom.

Nem eu, nem Rita rimos.

Ela segura o globo de neve firmemente e me estende a mão. Seguro o colar com a mesma força e seguro a mão de Rita, tão gelada quanto a minha.

— No 3! 1... — inicia.

— 2... — continuo.

— Vão logo! — grita Vitor e, num impulso, Rita e eu jogamos nossos presentes, agora meros objetos, para a imensidão escura à nossa frente.

Não ouço quando eles encontram o asfalto, nem vejo a direção exata para onde eles foram, mas sinto como se pudesse ver o símbolo do infinito se partindo ao meio, seus pedaços se misturando à neve do globo estilhaçado.

É como se um peso saísse de minhas costas e acho que Rita sente o mesmo, já que não tenta esconder as lágrimas que escorrem rapidamente por sua bochecha.

Eu me permito chorar também.

Vitor nos envolve em um abraço, e aproveitamos alguns minutos no estranho silêncio que parece preencher a noite.

Eu fico em dúvida se o silêncio repentino vem das ruas do parque ou da paz que parece vir de dentro de mim.

***

No caminho de volta me sinto diferente, como se o Igor da ida fosse uma pessoa completamente diferente do Igor da volta.

No lugar da tensão, gritamos a plenos pulmões as músicas que conhecemos e mais alto ainda as que não conhecemos, com letras e refrões inventados.

A leveza que preenche meu corpo parece responder algumas das minhas perguntas.

Percebo que vou conseguir sobreviver ao meu primeiro término. Se todo mundo consegue, por que eu não conseguiria? É claro que me desfazer de um simples presente não resolve tudo, nem cura todas as feridas internas, mas não deixa de ser uma atitude importante e significativa.

Nas últimas semanas, percebi que as situações ruins são aquelas que mais ensinam a gente, e que aquilo que nós desejamos nem sempre é o melhor naquele momento.

Pela janela, dou uma última espiada nas pessoas que aproveitam o show sertanejo e me dou conta das infinitas possibilidades, dos caminhos incertos, novos e incríveis que podem se abrir para mim a partir de agora.

Olho para o desenho da borboleta em meu pulso e entendo que, de fato, nós somos a teia. Ainda que se prendam a nós e levem pedaços consigo, sempre é possível tecermos novos pedaços, muito mais firmes e resistentes.

Fio a fio.

Quando o hit da uva-passa começa a tocar mais uma vez, nos entreolhamos com aquela cumplicidade de amigos que compartilham uma piada interna. Gritamos o refrão pela noite.

— Você tinha toda razão — diz Rita, ao volante. — Ela realmente transformou todo o sentimento dela em arte. Pra mim, a parte mais poética é: "achei que nosso amor fosse uma farofa temperada...".

Eu me distraio e deixo que os dois continuem a análise musical e poética.

Transformar um sentimento em arte.

A frase de Rita continua ecoando em minha cabeça.

Será que eu conseguiria?

Por via das dúvidas, abro o bloco de notas do meu celular e digito o título de uma possível história que eu poderia escrever.

— Chegamos. — Rita estaciona o carro na mesma vaga onde ele estava no início da noite. — Preparados?

— Acho que jamais estarei. — Vitor suspira.

— É perda de tempo esperar estar completamente pronto pra fazer aquilo que você sabe que tem que fazer. — Utilizo toda a minha recente sabedoria e pisco na direção de Rita.

Antes de descer do carro e me juntar aos meus primos (e mais recentes amigos), leio mais uma vez a ideia anotada.

Um pequeno sorriso se esboça em meu rosto quando minha imaginação começa a criar situações possíveis ao redor das palavras: Natal sem você.

BOLO DE ANIVERSÁRIO NATALINO

✦✦✦✦

Pensando em todos aqueles que, assim como eu, tiveram sorte de nascer durante a melhor época do ano, por que não compartilhar com vocês a minha receita favorita de bolo de aniversário? Massa de chocolate, recheio de coco e a minha cobertura favorita — pasta americana! Sei que é muito controversa e odiada por muitas pessoas cujos corações estão completamente congelados e impedidos de apreciar o sabor divino dessa iguaria da confeitaria moderna, então também coloquei uma opção de creme de manteiga 😊

✦✦✦✦

SEPARANDO OS INGREDIENTES:

PARA O BOLO DE CHOCOLATE:

- 2 xícaras de açúcar
- 2 ovos
- 4 colheres de sopa de chocolate em pó
- 2 xícaras de chá de farinha de trigo
- 1 colher de sopa de fermento
- 1 xícara de chá de água

PARA O RECHEIO DE COCO:

- 1 lata de leite condensado
- 100 g de coco ralado úmido
- 1 colher de sopa de manteiga

PREPARANDO O MELHOR BOLO DE ANIVERSÁRIO DA SUA VIDA:

✦ Coloque "Birthday", da Katy Perry, para tocar. Misture o açúcar e os ovos, batendo até ficar uniforme. Em outra vasilha, junte a farinha, o fermento e o chocolate em pó. Peneire os ingredientes secos para juntá-los ao açúcar e aos ovos. Acrescente a água aos poucos até ficar homogêneo e despeje por uma forma untada e enfarinhada. Leve ao forno preaquecido a 180°, até que o centro esteja completamente assado. Para o recheio, misture todos os ingredientes, leve ao micro-ondas por três minutos, reserve, mexa um pouquinho e devolva ao micro-ondas por mais três minutos. Mexa novamente depois desse tempo e, depois que a travessa não estiver tão quente, leve para a geladeira. Corte o bolo ao meio, acrescente o recheio e cubra com pasta americana (melhor parte!). Você pode separar partes da pasta e tingir para fazer decorações temáticas (eu já fiz várias, tipo: Crepúsculo, Bob Esponja, Taylor Swift e até já tive um aniversário no Natal em que o tema foi "Natal". Bem criativo, sim!).

✦ Se quiser usar o creme de manteiga, é só levar 200 g de manteiga sem sal (tem que ser manteiga, hein?) e 350 g de açúcar de confeiteiro à batedeira. Bata até a manteiga ficar bem clara e acrescente 1 colher de sopa de essência de baunilha.

O RESGATE
DE NATAL

"In my heart is a Christmas tree farm.
Where the people would come
to dance under sparkling lights."

Christmas Tree Farm – Taylor Swfit

Meu corpo rola mais uma vez pela cama e passo alguns segundos encarando o teto até que Pedro, meu irmão de quatro anos e meio, me pergunta pela quinta vez:

— Cadê a Raquel? — diz ele, com uma voz chorosa.

Eu suspiro por ter que explicar toda a situação mais uma vez e por não conseguir entender a insistência de meu irmão em chamar nossa mãe de Raquel, em vez de utilizar o simples e fácil "mamãe". Essa atitude seria até um pouco compreensível se não fosse pelo fato da nossa mãe se chamar Tereza.

— Já disse, ela e o papai estão presos no trânsito, vão demorar pra chegar...

Ele abaixa a cabeça e começa a sair do quarto, mas antes tenta usar seu tom mais convincente comigo.

— Quer jogar?

Eu reviro os olhos.

— Não... Pede pro Miguel! — Ele enfim desiste e vai tentar convencer nosso outro irmão.

Sendo o mais velho dos três, me sinto na responsabilidade de deixar a casa em ordem enquanto nossa mãe está fora, ainda mais depois do aviso de que, se tudo não estivesse em seu devido lugar quando eles voltassem, eu não iria para o acampamento de tênis em janeiro. É um evento do clube onde faço aulas, e espero por ele há meses.

Não consigo encontrar forças para sair da cama, sabendo que vou ter que dar um jeito em todos os brinquedos jogados pela sala, nas embalagens vazias espalhadas pela cozinha, na casinha do cachorro... Penso em tudo que ainda tenho que fazer e decido ler mais algumas das mensagens no meu celular. São mensagens de Natal padrão em grupos lotados de pessoas, com frases e imagens motivacionais prontas que provavelmente não foram nem lidas antes de serem compartilhadas.

Quando recebo mais uma imagem de um urso polar tomando água de coco na praia, decido que talvez seja melhor me levantar.

A televisão ligada na sala passa o noticiário da tarde e exibe imagens do trânsito da véspera de Natal, onde meus pais estão. Pedro joga xadrez sozinho, indo de um lado para o outro do tapete, movendo as peças brancas e pretas sem realmente entender o que está fazendo. Ele percebe minha chegada.

— Cuidado com o...

A sala parece virar de ponta cabeça. Sinto algo rolar pelos meus pés e bato minhas costas contra o tapete.

— Meu carrinho. — Ele pega o brinquedo que voou longe após meu tombo e começa a deslizar suas rodas, utilizando o tabuleiro de xadrez como estrada. O veículo em miniatura derruba rainhas, cavalos e bispos com violência.

Levanto-me com dificuldade e ouço o som do motor do liquidificador funcionando na cozinha. Corro até lá, sem ter coragem de imaginar o que me espera.

Miguel veste o avental que o nosso pai costuma usar para fazer churrasco. Tem caixas de leite espalhadas pela mesa, o pote de sorvete de chocolate está virado de ponta-cabeça, a tampa jogada no chão. Ele segura um pote de maionese, enquanto tenta abrir a tampa do liquidificador à sua frente.

— Você tem que desligar primeiro! — grito, tentando inutilmente sobrepor minha voz ao barulho ensurdecedor do aparelho.

— O quê? — responde no mesmo volume, mas é tarde demais. A tampa se solta do liquidificador e a cozinha se colore de uma mistura nada saborosa de milkshake de maionese.

Seguro o ar por alguns segundos, sem conseguir acreditar.

— Opa... — É só o que ele diz.

***

Depois que termino de limpar todo o sorvete do chão, decido que um lanche talvez acalme os ânimos dos meus irmãos e me forneça alguns minutos de paz. Pedro está com o rosto colado na TV, assistindo a mais uma reprise de *O Grinch*, enquanto passa o bispo preto por toda sua boca e aproveita para testar a força de seus dentes.

O restante do leite que estava na caixa, agora está misturado ao chocolate em pó e aguarda pela pipoca em suas canecas preferidas.

Coloco o óleo e o milho de pipoca na panela e procuro pela caixa de fósforos em todas as gavetas, sem sucesso. Começo a pensar em que outro lugar eles poderiam estar enquanto reclamo silenciosamente pelo fato do nosso fogão não acender automaticamente.

O barulho da faísca que os palitos fazem ao serem raspados na caixa chama minha atenção para a direção da sala e, segundos depois, sinto cheiro de queimado.

Chego a tempo de ver Miguel passando um fósforo aceso pelas bordas de um papel branco.

— Ei! Posso saber o que você está fazendo? — digo em meu melhor tom autoritário, tentando pegar os fósforos de sua mão.

— É um mapa do tesouro! Tem que parecer velho! — Ele sobe no sofá. O fósforo se apaga e ele acende outro.

— Devolve isso! É perigoso!

— Não, você não é meu pai! — Ele joga o novo fósforo apagado no chão e repete o movimento com um fósforo novo.

— Eu tô vendo TV! — Dessa vez, Pedro é quem grita, usando o bispo para apontar para o Grinch.

Miguel pula do sofá para o tabuleiro de xadrez, espalhando as peças pelo chão da sala. Desvio de um peão preto, enquanto meu irmão acende o último fósforo da caixa e continua passando sua chama pelas bordas do papel, antes de seu pé direito rolar pela torre branca e o fósforo cair longe.

Em silêncio e espantados, observamos nossa árvore de Natal pegando fogo.

***

Respiro fundo e começo a abrir a barriga do porco com a faca mais afiada que encontrei, agradecendo pelo fogo não ter se alastrado, mas temendo a reação de meus pais quando percebessem que as folhas artificiais da árvore se tornaram um pó preto, de cheiro asqueroso.

Quando termino de cortá-lo horizontalmente, um amontoado de cédulas e moedas se espalha pela minha cama. Jogo fora o que sobrou do plástico do cofrinho e calculo a soma das economias dos presentes de aniversário em dinheiro e da venda de alguns jogos de videogame que fiz pela internet.

Cento e cinco reais e vinte e cinco centavos.

Não é muito, mas talvez recupere minha chance de ir ao acampamento.

Ajudo Miguel e Pedro a se trocarem, e encaramos o calor de dezembro até o mercado mais próximo. No trajeto, além de segurá-los pelas mãos, sou obrigado a ouvir o monólogo de Pedro sobre como os piratas estavam tentando assaltar o barco do Capitão Dente de Ouro, no último episódio do seu desenho favorito: "Embarcação Dentadura".

— E quando o Pirata Dedo Mindinho pegou o baú do tesouro, o Marujo Molar jogou um balde cheio de lava mágica nele. Essa lava mágica eles conseguiram no Vulcão Incisivo...

— E no final eles recuperaram o tesouro — digo, impaciente.

— É! — confirma, animado. — Você já assistiu a esse?

— Não, mas eles sempre recuperam.

— Isso não é verdade! No episódio 45, A Maldição do Marujo Gengivite, eles perdem o tesouro porque o...

— Tudo bem! — Lá se vai o que restava da minha paciência. — A gente vai comprar a árvore e voltar direto pra casa, certo?

— E chocolate! — acrescenta Miguel.

— Só. A. Árvore. Eu mal tenho dinheiro pra isso. — Entramos no supermercado e logo o segurança mais próximo da entrada fica atento a nós. — Tentem se comportar, por favor! — advirto.

Toda a loja é preenchida pelas tradicionais músicas natalinas e por clientes desesperados que esqueceram algum ingrediente importante para a ceia ou um presente para um parente nem tão querido. Nas primeiras prateleiras, diversos cartazes com promoções extraordinárias de produtos que, provavelmente, aumentaram de preço antes do início do mês. Depois de passarmos pela seção de produtos para cozinha, e de convencer Miguel de que comprar uma panela de arroz (que deixa seu arroz sequinho e delicioso em menos de dez minutos!) não era melhor do que recuperar a árvore, encontramos a seção de artigos de decoração para o Natal.

Um casal avalia entre uma estrela dourada e uma prateada para colocar na ponta da árvore. Quando passamos por eles, recebemos um olhar desconfiado que depois traz uma centelha de piedade. Ouço eles cochichando ao longe e, pelo que entendi, eles se perguntam se somos órfãos por estarmos desacompanhados em um supermercado, em plena véspera de Natal.

— Essa! — Pedro aponta para uma árvore branca, que gira enquanto toca uma versão forró de "Sino de Belém".

— Tá doido? Ela nem de longe se parece com a nossa. — Dou uma espiada no preço, só por curiosidade. — E eu tenho que juntar dinheiro por pelo menos dez anos pra comprar.

Nunca entendi qual é a verdadeira lógica das árvores de Natal brancas.

No Brasil nem neva!

Passamos por mais algumas árvores, de cores comuns, até que uma é eleita a candidata perfeita para substituir o churrasquinho de pinheiro.

— Acho que encontramos. — Miguel parece satisfeito.

— Agora é torcer para não ser muito cara — digo.

Começamos a girar em volta da árvore, em busca da etiqueta, que parece estar bem escondida entre os enfeites escolhidos pelos funcionários.

Enquanto procuramos percebo que, atrás da seção de Natal, há uma fileira de televisões em exposição que exibem diferenças entre seus brilhos, cores e nitidez de imagem. Por coincidência, para demonstrar tais diferenças, elas transmitem as imagens aéreas do acidente na estrada onde meus pais estão.

— Duzentos e cinquenta quilômetros de congestionamento agora — anuncia o âncora do telejornal. — Depois do acidente envolvendo um caminhão que transportava pães de mel *diet* e um automóvel de violinistas surdos, a pista foi bloqueada. Um helicóptero foi solicitado, mas não há previsão para sua chegada.

Pelo visto ainda tenho algum tempo considerável para consertar tudo.

— Achei! — grita Miguel e me aponta uma etiqueta pendurada num galho artificial alto. Ele fica na ponta dos pés e tenta ler. — Úl-ti-ma... — Ele entorta a cabeça. — Pê-sss

— Última peça! — Me aproximo e confirmo que aquela é a nossa única chance. — E o preço?

— Apenas cento e quarenta e nove reais e noventa e nove centavos! — Um vendedor animado, com voz de apresentador de televisão, usando um gorrinho de Papai Noel amassado se aproxima. — Pagando em dinheiro ou débito você ganha uma torradeira elétrica. Utilizando o nosso cartão, além de receber 25% de desconto, é possível também participar do nosso supersorteio de Natal.

— Eu tenho só cento e cinco reais... — Uso minha voz mais convincente, na esperança de que ele entenda minha situação.

— Você não pode me dar um desconto? — Lanço um sorriso amarelo.

— Utilizando o nosso cartão, além de receber 25% de desconto, é possível também participar do supersorteio de Natal. — Ele repete de forma monótona e percebo que sua voz poderia muito bem ser utilizada em alguma inteligência artificial.

— Eu não tenho nenhum cartão...

— Se você ainda não for membro do nosso clube de compradores basta preencher um simples cadastro de quarenta e cinco minutos e apresentar um comprovante de residência.

Olho em volta, para confirmar que sua voz não vem de nenhuma caixa de som.

— Eu não tenho comprovante, nem idade suficiente para fazer um cartão... Não tem nenhuma outra maneira de pagar menos pela árvore? Eu realmente preciso dela... — Olho para os meus irmãos, buscando algum tipo de apoio. Eles parecem mais entretidos com um globo de neve com dois alces dentro. — Olha só, eu tenho esses dois irmãos. Eles estavam brincando e acabaram colocando fogo na nossa árvore, que é igualzinha a essa. Eu preciso levar e montar antes dos nossos pais chegarem. Eu estou abrindo mão das minhas economias de três anos para isso, mas cento e cinco foi tudo o que consegui...

— Utilizando o nosso cartão, além de receber 25% de desconto, é possível também participar do nosso supersorteio de Natal.

— Moço, se eu não der um jeito nisso, eu não vou poder ir para o acampamento de tênis em janeiro, e eu tenho treinado bastante para isso, então... — respondo impacientemente.

— Nossa seção de tênis fica localizada na região leste da loja. Lá você encontra as melhores marcas e os melhores preços, tudo para agradar seus pés e seu bolso! — Ele congela em um sorriso fotogênico, como se esperasse que alguém gritasse "Corta!".

Eu reviro os olhos.

***

— Então eles podem ficar aqui só até eu conseguir outra árvore? — Respiro fundo, depois de terminar de contar toda a história.

Jéssica se joga na poltrona mais próxima, absorvendo tudo.

— Eu só não entendi uma coisa. — Ela se levanta e pensa por alguns instantes, andando de um lado para o outro e criando um suspense. — Se o tesouro era do Capitão Dente de Ouro, por que foi o Marujo Molar quem o resgatou?

Olho para ela, incrédulo. Ela não consegue conter uma risada.

Nossa rivalidade começou logo na minha primeira aula de tênis, assim como a nossa amizade. Mesmo frequentando colégios diferentes, nos tornarmos amigos foi inevitável, já que tínhamos muitos gostos em comum e, ao mesmo tempo, muitas diferenças. Jéssica não ligava muito para sua reputação, suas notas na escola ou seu comportamento, bem diferente de mim. O que realmente a interessava era o tênis e a esperança de, no futuro, se tornar uma grande jogadora. Durante as férias, passamos a maior parte dos dias nas quadras, balançando nossas raquetes em direção às ardilosas bolas verdes.

— Você vai me ajudar, sim ou não? — pergunto, antes que Pedro inicie sua explicação com todos os detalhes possíveis sobre a complexa mitologia da "Embarcação Dentadura".

— Beleza, eles podem ficar aqui, sim. Querem pipoca? — Ela estende um balde que estava jogado no sofá, cheio de pipocas provavelmente frias, e os dois correm em sua direção, brigando por ele. — Já sabe onde vai comprar a árvore?

— Nem ideia... — Dessa vez, eu me jogo na poltrona. — Fomos em pelo menos três lojas, e nenhuma tinha um preço que eu pudesse pagar pela árvore.

— Mas precisa, necessariamente, ser de uma loja?

— Como assim?

Ela pega o notebook da mesa de centro e pesquisa algum endereço no Google Maps.

— Olha só isso aqui. — Me aproximo dela e vejo o registro feito por satélite do clube onde treinamos.

— O clube?

— Não. — Ela revira os olhos, impaciente. — Mais além! Depois da delimitação do terreno do clube feita por algumas cercas, há uma grande área florestada. Ela aproxima a imagem nessa região.

— É igualzinha à sua! — Ela indica uma árvore pequena com o dedo, que muito se assemelha ao nosso pinheiro artificial.

— Tá... Mas e daí?

— A gente leva ela pra sua casa, enfeita e ninguém vai perceber a diferença. — Ela pensa por uns instantes e tenho uma pequena esperança de que ela perceba se tratar de uma péssima ideia. — Você só não pode esquecer de regar, ok? Senão os galhos vão ficar secos logo.

— Olha, essa área ainda é propriedade do clube, eles não permitem visitantes. É alguma reserva florestal ou algo do tipo. Eu acho que...

— Se você quiser posso baixar um aplicativo no seu celular que vai te lembrar de regar a cada meia hora com voz de tamanduá! — Empolgada, e ignorando meu comentário, ela pega meu celular e inicia o download. — Tem um vaso bem grande aqui em casa, deixa eu ver se minha mãe ainda não o usou para colocar feijão...

Ela sai em alta velocidade.

Coincidentemente, a televisão apoiada em um móvel de madeira escuro está ligada no mesmo noticiário. As imagens mostram a retirada do caminhão e do carro com os violinistas. O congestionamento parece estar se dissolvendo aos poucos e começo a ficar preocupado com a chegada dos meus pais.

Da sala, consigo ver os meninos fazendo uma guerra de pipocas na cozinha. Me preparo para dar uma bronca neles, quando Irene, a irmã mais velha de Jéssica, interrompe a guerra e eu suspiro de alívio.

— O que vocês pensam que estão fazendo? — pergunta, com muita autoridade na voz.

Eles se assustam.

— Foi ele quem começou! — Miguel aponta para o irmão. Ela pega a pipoca da mão de Pedro.

— Não é assim que se faz uma guerra de pipocas! — Ela fecha a mão, com a pipoca no centro. — Tem que usar a mão inteira, e não só a ponta dos dedos! — Ela atira a pipoca em Miguel, acertando seu pescoço. — Assim machuca mais!

— Ai!

— Não falei? — Ela parece satisfeita.

Em menos de um minuto, a cozinha, que até então parecia impecável, transforma-se em uma verdadeira arena, com barreiras de caixas de leite e escudos de escorredores de macarrão. Miguel usa uma colher de pau como alavanca para várias pipocas, enquanto Irene e Pedro preparam uma munição de jujubas.

— Achei! — Me assusto com a volta de Jéssica, que traz um vaso de plástico nas mãos. — Minha mãe não foi tão rápida dessa vez. Vamos?

— E os meus irmãos? — pergunto, percebendo ser inútil impedi-la.

— Acho que eles vão ficar bem com a Irene — diz Jéssica, despreocupada.

Não consigo concordar.

***

Chegamos aos fundos do clube e Jéssica, com as costas encurvadas, olha para todos os lados como se estivesse em uma missão impossível. Nós dois usamos os casacos camuflados de seu pai, mesmo que pareçam enormes em ambos. Nos esforçamos para não fazer muito barulho conforme pisamos nos galhos e folhas secas que cobrem o chão.

— O que foi? — pergunto assim que ela para abruptamente e estica o corpo, arregalando os olhos.

— Acho que ouvi alguma coisa. — Jéssica olha rapidamente em volta. Faço o mesmo, procurando alguma coisa, sem saber exatamente o quê. — Alarme falso! Seguir missão.

— Sua voz assume um tom de liderança militar.

Depois de contornarmos as piscinas, hoje vazias e cobertas com toldos, provavelmente por ser véspera de Natal, chegamos perto das cercas que contornam o clube.

— Droga! — Ela se agacha atrás de uma moita à nossa esquerda. — Vem cá! — sussurra ela, fazendo sinal para que eu me junte a ela.

Quando me abaixo, ela aponta na direção de um segurança, parado numa postura invejável em frente à cerca que pretendíamos pular.

— A gente não pode ir para o outro lado? Onde não tem

nenhum segurança? — pergunto.

— Não, o nosso alvo está localizado a 45 graus ao norte, segundo os meus cálculos. Ou seja... — Ela lê um papel que estava guardado no bolso de sua jaqueta. — Exatamente a 67 passos depois de um metro do exato local onde aquele segurança está.

— E o nosso alvo é...

— O pinheiro que vai salvar o seu Natal — diz, séria. Concordo com a cabeça. — Nós temos que descobrir uma forma de tirar a atenção dele e levá-lo para qualquer outro lugar.

Penso por alguns segundos.

— A gente pode falar que estão tentando invadir uma das quadras de futsal, hoje elas estão fechadas.

— As piscinas estão funcionando?

— Parece que não... — digo, me lembrando dos toldos que as cobriam, com medo de qualquer ideia que ela possa ter tido.

— Ótimo. — Ela tira a jaqueta, a coloca dentro do vaso vazio e passa para minhas mãos. — Fique atento, você vai ter que correr bem rápido! A pazinha está no bolso esquerdo da minha jaqueta.

Olho para o vaso, sem entender.

Ela respira fundo e se levanta, indo em direção contrária às cercas. No caminho, ela pega um galho pontiagudo do chão. O segurança parece ainda não ter percebido sua movimentação.

Ao chegar à área onde estão as piscinas, ela levanta o galho o mais alto que pode e o abaixa rapidamente, deixando sua ponta presa ao toldo mais próximo. Utilizando o galho preso como uma alavanca, ela descobre metade da piscina infantil, antes de se afastar alguns centímetros da borda.

Tapando o nariz com uma mão e levantando o braço livre, ela toma impulso e pula na região descoberta da menor das piscinas, encharcando tudo ao redor.

O segurança finalmente percebe algo fora do normal e corre para verificar.

Meu coração acelera quando percebo que chegou a minha parte da missão. Uno todas as minhas forças e corro para as cercas, tentando marcar na memória exatamente onde o segurança estava, para que eu consiga localizar a árvore.

De perto, a cerca se revela mais alta. Jogo o vaso por cima, e ele aterrissa rolando alguns centímetros para longe de mim. Apoio o pé na madeira de baixo, no pequeno vão central, e coloco minhas mãos na madeira na parte superior. Empurro a cerca para baixo, alavancando meu corpo para cima e jogando minhas pernas para o outro lado. Meus pés têm dificuldade para encontrar o vão do outro lado e batem com força na parte inferior da cerca. Eu caio, rolo pelo chão, assim como o vaso havia feito alguns segundos antes, e paro exatamente ao seu lado.

Pelo menos agora estou do lado certo.

Volto para próximo da cerca, e começo a dar passos de mais ou menos um metro, até chegar ao sexagésimo sétimo, conforme Jéssica me instruíra.

Ela tinha razão. No exato local onde completei o passo de número sessenta e sete está uma árvore que facilmente se passaria por um pinheiro de Natal.

Olho para trás, mas ainda não há nenhum sinal de Jéssica.

Então, me lembro da segunda instrução. Tiro a jaqueta de dentro do vaso e, dentro do bolso esquerdo, encontro uma pequena pá vermelha.

Olho para o vaso e calculo a circunferência de terra que terei que cavar para que a árvore caiba perfeitamente. Uso a ponta da pá para delimitar a circunferência antes de cavar, avalio as medidas e acho que fiz um bom trabalho.

Quando me ajoelho para começar a tirar a terra ao redor,

ouço o som de passos molhados atrás de mim.

— Você encontrou! — Jéssica se aproxima, ensopada e satisfeita.

— Parece que sim. — Observo, orgulhoso, o futuro pinheiro. — Como você se livrou do segurança?

— Até que foi fácil... — Ela torce a barra da camisa, derramando água em seus pés. — Só precisei explicar que tinha pulado na piscina por medo do tigre-do-sul-da-china que tinha acabado de invadir o clube e queria trazer toda a sua família felina para passar a ceia de Natal aqui.

Duvido um pouco da eficácia dessa estratégia, mas prefiro não duvidar muito das habilidades de persuasão de Jéssica e começo a cavar na área delimitada.

— O que você está fazendo? — pergunta, incrédula.

— Cavando, ué? — respondo o óbvio. — Você pretende colocar a árvore no vaso como?

Prontamente, ela segura o tronco da árvore com as duas mãos, o levanta sem qualquer esforço e retira do solo o exato trecho de terra que eu havia marcado. A raiz da árvore parece intacta, e Jéssica passa a planta do solo para o vaso.

— Agora, a gente corre!

***

Chegamos a um cruzamento e, antes que eu perceba o táxi que se aproxima, Jéssica acena para o motorista. O automóvel encosta na calçada.

— Você transporta árvores? — pergunta ela para o motorista de óculos escuros que ouve heavy metal no último volume. Sua barba chega até o colo e posso jurar que há um resto de batata frita na ponta. Ele afirma com a cabeça, confuso, provavelmente sem ter visto o vaso que eu segurava. — Ótimo! — Ela abre a porta do banco de trás, decidida. Amarramos as duas jaquetas camufladas na base do vaso de forma que, quando eu o deito no banco, a terra não se espalha por todo o carro.

— Não dá! Ela é alta demais pra caber aqui... — digo, vendo que a ponta da árvore já encostava na janela do lado oposto e metade do vaso ainda estava para fora do carro.

— Dá para dar um jeito! — Jéssica corre para o outro lado, abre a porta oposta e puxa o restante do vaso para dentro. Quando percebo, a ponta da árvore está encurvada, como uma pessoa deitada num divã com o pescoço apoiado, inexplicavelmente se entortando para caber perfeitamente na parte traseira do carro. — Você vai aqui no chão, eu fico no banco da frente. — Ela não pensa duas vezes antes de abrir a porta do passageiro e dar meu endereço e as direções para o motorista. Me encolho e tento encaixar meu corpo no vão entre os bancos de trás e da frente. Sou obrigado a encolher minhas pernas e me deitar de barriga para cima.

Meus olhos encaram o teto do táxi. Meus ouvidos estão exatamente onde as caixas de som projetam solos intermináveis de guitarra, me deixando atordoado. Como se não bastasse, a cada lombada que passamos, camadas de poeira voam do teto velho do carro e atingem meus olhos. O estreito espaço onde estou prende meus braços e não permite que eu tape os ouvidos ou esfregue os olhos com os dedos, então tento, inutilmente, piscar compulsivas vezes para que as lágrimas afastem um pouco da poeira.

— Eu era assim, também, quando tinha a idade de vocês e cismava com alguma coisa. Uma vez, assaltei uma loja de queijos...

O motorista conta sobre sua incrível e longa aventura na qual ele foge da polícia com uma peça de queijo minas inteira no bolso e os quinze minutos do percurso entre o clube e a minha casa parecem durar uma eternidade.

***

Jéssica me ajuda a tirar o vaso do táxi e o carregamos para a entrada da minha casa.

— Até que não foi tão difícil! — diz ela, conforme nos preparamos para atravessar a rua. Sou obrigado a concordar.

Eu fico de costas para o tráfego, vendo Jéssica à minha frente.

— Me avisa quando eu puder ir — peço.

— Ok... — Ela olha atentamente para os dois lados da rua. — Peraí... — Ouço um carro se aproximando. O vento produzido pela velocidade, balança nossas roupas e os galhos da árvore quando ele passa por nós. — Vai!

Segurando a parte de cima da árvore, começo a dar alguns passos de costas, avançando pela faixa de pedestres.

— Você olha para as minhas costas, eu olho para as suas, ok? — digo. — Assim os dois ficam protegidos!

— Combinado. — Ela espreme os olhos um pouco, olhando atentamente para o outro lado da rua, atrás de mim. Eu faço o mesmo. — Estamos quase chegando! Mais cinco passos e você se prepara para levantar o pé e subir na calçada.

Concordo com a cabeça e conto os passos seguintes, ainda olhando para o movimento atrás de Jéssica.

1...
2...
3...

Ouço um barulho que não reconheço, mas não me distraio. 4...

Eu me preparo para levantar o pé esquerdo. Antes de terminar a travessia, os galhos começam a balançar novamente e, antes que eu entenda exatamente o que está acontecendo, a árvore se quebra ao meio, enquanto um menino se estatela no chão à nossa frente, derrubando consigo a bicicleta amarela e vermelha e o pirulito azul que ele chupava.

— Foi mal, aí! — E é só o que ele diz, antes de se levantar e seguir seu caminho.

— Eita. — É só o que Jéssica diz.

— Cara. — É só o que eu digo.

Por dentro, quero gritar até minha cabeça explodir e meus miolos se espalharem pelo asfalto.

Eu e Jéssica terminamos de atravessar a rua para evitar acidentes mais graves e olho para a parte superior da árvore que eu segurava, que agora não tem nenhuma ligação com o vaso. São apenas galhos.

— Por sorte a raiz está intacta! — Ela espia por entre as jaquetas que amarramos ao vaso e esboça um sorriso sem graça antes de colocá-lo no chão, em frente à entrada da minha casa. — Sabe do que eu lembrei? Eu conheço uma fórmula que faz plantas crescerem rapidinho e...

— Esquece, não adianta. — Me sento, apoiando as costas no portão. — Não tem como recuperar a árvore a tempo e meus pais vão descobrir tudo. — Afundo o rosto nas minhas mãos. Jéssica se senta ao meu lado.

— Você pode tentar explicar a eles o que aconteceu.

Começo a responder quando ouço um carro parando à nossa frente.

— Quem quer pão de mel *diet*? — A voz do meu pai vai da

janela do motorista até meus ouvidos, ele mastiga enquanto fala. — Um caminhão deixou cair vários na estrada e nós aproveitamos!

— Eu comi vinte e dois durante as horas em que ficamos no trânsito! Ainda bem que eu guardei alguns para vocês. — Minha mãe abre a porta do passageiro e sai do carro, espreguiçando-se. — Oi, Jéssica!

Jéssica apenas acena com a mão, um pouco assustada. Meu pai termina de guardar o carro na garagem, os dois tiram as sacolas de presentes do porta-malas e seguem na direção da porta de entrada.

— Bacana a planta nova! — diz meu pai quando passa por nós.

Sinto meu coração acelerar quando ele coloca as mãos na maçaneta.

— Pai! Mãe! — grito, assustando a todos. — Tem uma coisa que eu preciso contar para vocês.

— O quê? — ele pergunta, assustado.

— É que, hoje de manhã...

— GANHEI! — Ouvimos um grito vindo da sala. Meu pai, ignorando minha confissão, abre a porta abruptamente e entramos todos na sala a tempo de ver a comemoração de Pedro. Ele pula em cima do sofá e joga notas do Banco Imobiliário para o alto. — Eu estou milionário, pai! Milionário!

No centro da sala, vejo o tabuleiro montado. Miguel e Irene, frustrados, guardam as peças na caixa.

— A gente já entendeu — diz Irene, enfezada.

Mas o que chama mais a minha atenção, além das mansões em Morumbi e Interlagos que geraram a fortuna do meu irmão, é o pinheiro de Natal, intacto no canto direito da sala, decorado como o anterior. Depois de tudo que aconteceu hoje, ele parece uma miragem. Olho para Jéssica e ela parece tão espantada quanto eu, enquanto meus pais agem com naturalidade.

— Olha só! Nosso campeão! — Meu pai dá um abraço apertado em Pedro. Eu continuo pasmo.

— Raquel, estava com saudades! — Ele abraça minha mãe, que ri.

— Ei. — Miguel balança a mão na frente dos meus olhos, chamando minha atenção. — Da hora, né? — Ele aponta para o pinheiro.

— Como...?

— A gente contou toda a história da árvore para Irene, e ela falou sobre um torneio de xadrez que estava acontecendo naquela pracinha que tem aqui perto.

— E vocês ganharam? — pergunto, espantado.

— Não. Eu e Irene perdemos feio, mas o Pedro quis jogar e venceu cinco partidas, chegando ao primeiro lugar do torneio. A gente usou o dinheiro do prêmio para comprar o pinheiro e os enfeites. — Ele aponta para eles, orgulhoso. — Curtiu?

— É... — Não encontro palavras.

— Perfeito! — Jéssica responde por mim. — Seus pais não vão suspeitar de nada. — Ela sorri, contente, como se não estivéssemos arrasados há dois minutos. — Bom, já que está tudo resolvido, acho melhor eu e a Irene voltarmos pra casa.

Ela me dá um abraço apertado e eu agradeço a ajuda, apesar de tudo. Irene se despede com uma promessa de voltar para uma revanche no Banco Imobiliário.

Cansado, subo as escadas, tomo um banho quente e demorado, cuidando para retirar toda a terra e poeira do meu corpo, assim como todas as preocupações do dia, que se juntam ralo abaixo. Quando saio, Pedro está me esperando, sentado ao lado da porta do banheiro.

— O que foi?

— Só queria te falar que a gente comprou um presente pra você, com o dinheiro que sobrou depois que compramos a árvore — sussurra ele, preocupado com a possibilidade dos nossos pais ouvirem. — É um pedido de desculpas pelo que aconteceu mais cedo.

— Está tudo bem! — Bagunço seu cabelo, feliz pelo gesto deles. E nos abraçamos, como não fazíamos há tempos.

— Está embaixo da árvore! — Ele sai correndo e desce as escadas rumo à cozinha, assim que ouve o tilintar dos pratos sendo colocados à mesa.

Sigo-o devagar, sentindo o cheiro reconfortante que sai do forno assim que passo pela cozinha e flagro meu pai roubando uma fruta cristalizada do panetone mais próximo, antes de ir para a sala.

A luz apagada dá um contraste maior aos pisca-piscas coloridos que alternam o brilho entre si. Admiro cada enfeite, antes de me abaixar e perceber um embrulho especial entre os demais.

Em um papel de presente vermelho e branco, consigo adivinhar meu presente, já que o embrulho tem o formato de uma raquete de tênis. Com um largo sorriso no rosto, corro para a cozinha, sem conseguir conter a empolgação e a ansiedade do verão que está por vir.

o mistério do biscoito de gengibre

CONTOS E RECEITAS PARA
A MELHOR ÉPOCA DO ANO

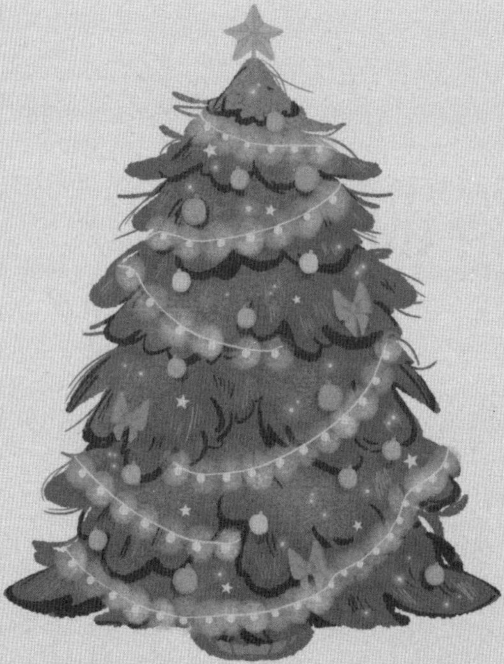

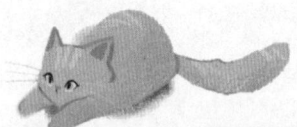

Este livro foi publicado em novembro de 2024 pela
Editora Nacional, impressão pela Leograf.